꽃, 버튼 누르기

윤연모 시집 **7**

꽃, 버튼 누르기

도서
출판 **명성서림**

꽃과 함께하거나 마음 버튼을 누를 때의 행복

꽃들이 궁금하거나 고민거리가 있을 때 집 근처 당현천의 천변川邊 산책길을 거닌다. 지천으로 핀, 키 큰 수초, 개망초, 금계국, 보라색 꼬마 꽃들이 나에게 손 흔들어주어 힘내어 걷는다. 꽃들은 누구에게나 아름다운 친구이다. 또한 꽃을 보면, 위로받을 뿐만 아니라 꽃다워져서 행복해진다. 그런 의미에서 꽃의 존재 이유를 찾는다. 연작시 '꽃의 존재 이유' 스물두 편 중 첫 번째 시 한 편을 소개한다.

꽃들이 세상에 피어

사람들의 고독을 어루만져준다

꽃들이 방랑자 친구 되어
슬퍼도 외로워도 참고 나아가라고
바람결에 속삭여준다

여행자가 고독에 사무치니
꽃들이 머리를 흔들며 춤춘다

우리가 세상에 핀 이유는
꽃처럼 살아가기 위함이지

부리가 까만 쇠백로가 흐르는 냇물에서 쉬다가 하늘로 푸드덕 날곤 한다. 날갯짓하며 물 위로 긴 선線을 그리며 비상하는 모습이 "너도 날아 보렴." 라고 말하는 듯하여 쉬고 있던 나의 푸른 의지, 달콤한 감성을 깨워주는 듯하다. 한참 더 걷다 보면, 다리 위에 대나무 작품이 설치된 곳에 이른다. 내가 좋아하는 장소로, 삼십여 마리의 잉어가 다리 아래 물속에서 헤엄치며 놀고 있다. 가끔 물 바깥으로 튼실해 보이는 주황색 입을 벌려 뻐끔거리며 호흡하는데, 마치 나에게 인사하는 것 같아 "잉어들아, 안녕!"이라고 인사를 건넨다.

흐르는 시냇물과 바람의 합주가 아름답고 산책로 옆에 예쁜 '삼색 버드나무'가 손짓하는 듯하다. 가까이 다가가니, 당단풍나무 이파리가 말라서 위쪽이 분홍색처럼 보여 '삼색 버드나무'로 착각한 모양이다. 세상일도 적당히 멀리 떨어져서 보면 아름답다. 시냇물도 그렇게 생각한다고 박장대소하며 긍정 메시지를 던지며 흘러간다. 다리를 건너 반대편으로 오니, 길이 넓어서 시냇물이 유유히 흐르는 모습이 더욱 매력적으로 잘 보인다.

이번에 일곱 번째 시집 『꽃, 버튼 누르기』를 세상에 선보인다. 이 시집은 '꽃의 존재 이유'(1부), '버튼 누르기'(2부), '나의 역사박물관'(3부), '이집트 사막의 노래'(4부)가 거의 연작시로 이루어져 있으며, 5부는 조시弔詩로 엮었다. 따르고 존경하던 작은 외삼촌, 최역현 교장선생님과 윤청수 당숙님, 일요일의 국민 친구, 송해 어르신, 문단의 어르신이며 시 벗인 김건일 시인님, 문덕수 시인님, 이효녕 시인님, 황경엽 시인님, 근무하던 학교의 김영혁 교장선생님과 영어과 선배 김영선 선생님, 작곡가 고영필 교수님, 성악 동호인 모임의 김의호 선생님, 그리고 선친과의 인연으로 만나 뵙게 된 전태수 선생님 영전에 시詩를 지어 고인故人의 명복을 빌고 가족을 위로하여 드렸다. 6부는 이번 시집에서 유달리 정이 가는 스무 편의 작품을 외국인 친구들도 볼 수 있도록 영문으로 번역하여 실었다. 또한 문인文人으로서 나의 프로필을 정리하고 영어와 일어로 번역하여 뒤에 실었다.

'버튼 누르기' 연작시에서 결정을 내리는 것을 '마음 버튼을 누른다'라고 표현하였다. 누가 결정을 내리든 바른 선택을 하는 것이 중요하며 아름답다. 뭔가 실패하여도 새로운 길을 모색하기, 나팔꽃이 자신의 이상향을 향하여 방향 전환하기, 새에게 모이를 주기 위해 쌀을 주문하기, 조 바이든 대통령이 코로나 백신을 후진국에 지원하기 등 우리 삶에 바르게 결정해야 할 것이 많다. 더구나 인간이 동물과 공존하기 위하여 혹은 선진국 리더가 후진국 국민의 생명을 지키기 위하여 바른 결정을 내린다면, 그 선택이 빛나서 우리가 행복하지 않겠는가.

이 시집이 출간되어 시의 향기가 민들레 홀씨처럼 세상에 퍼져 많은 사람을 위로해주고 공감을 얻어 오랫동안 사랑받는다면, 더할 나위 없는 행복이며 영광이라고 생각한다.

끝으로 부모님의 보배인 우리 네 남매와 온 가족의 건강과 행복을 기원한다. 고명수 문학박사님이 정갈한 시 해설을 써주셔서 감사드리며 '명성서림'의 박종래 발행인님께 깊은 감사를 드린다.

이천이십사년 유월

윤연모

윤연모 시집 **7** 『꽃, 버튼 누르기』/ 차례

| 제1부 | 꽃의 존재 이유

| 제2부 | 버튼 누르기

| 제3부 | 나의 역사박물관

| 제4부 | 이집트 사막의 노래

| 제5부 | 가을 하늘에 새들도
구슬피 울며 날고

| 제6부 | Poems in English
『Flowers, To Push the Button』
- Written and translated by Yoon, Yeon Mo (Elizabeth Yoon)

꽃의 존재 이유

뉴질랜드 호빗 마을(Hobbitten)의 꽃이 아름다운 작은 오두막

꽃의 존재 이유

- 꽃의 존재 이유 · 1

꽃들이 세상에 피어
사람들의 고독을 어루만져준다

꽃들이 방랑자 친구 되어
슬퍼도 외로워도 참고 나아가라고
바람결에 속삭여준다

여행자가 고독에 사무치니
꽃들이 머리를 흔들며 춤춘다

우리가 세상에 핀 이유는
꽃처럼 살아가기 위함이지

(2018)

아름다운 피날레
- 꽃의 존재 이유 · 2

꽃 같은 단풍잎이
허공에서 속절없이 춤춰요

하찮은 일로 마음 아플 때
단풍 든 벚꽃나뭇길을 거닐어 보세요

펄펄 날리는 낙엽이 바람과 합주하며
마지막 악장으로 달래주어요

잎마저 떨구며 사람을 위로해 준다면
그대는 낙엽이 아니고 꽃이어요

(2023)

꽃 관계
- 꽃의 존재 이유·3

꽃이 하도 예쁘다고 생각하는 순간
꽃을 보는 사람도 아름다워진다

꽃이 좋아 보고 있으면
꽃도 그윽하게 우리를 본다

타인을 생각하는 꽃 보듯 하면
그도 꽃이 되어 꽃을 본다

마음의 촉수가 어여쁘게 건드려지면
선善한 꽃 관계가 맺어진다

(2023)

자부심
- 꽃의 존재 이유·4

햇살이 넉살 좋게
단풍잎 위로 떨어지는 날

이파리가 넓적한 플라타너스는
땅 위로 이파리를 펄펄 날린다

생명을 다한 이파리의 미덕인 양
하늘하늘 떨어져 내린다

소나무는 꼿꼿하게 서서
칼날을 번득이니 자부심이 빛난다

(2014)

천진난만한 봄
- 꽃의 존재 이유 • 5

투명한 보석 알을 품은
소나무, 잣나무!
개나리는 꽃망울 틔우고
줄기마저 황금빛이네

봄비가 기쁜 마음으로
온 세상을 적시네
아무도 말하지 않아도
발아와 개화로 눈부신 몸놀림!

누가 자연 컴퓨터에
봄을 입력했을까?
천진난만한 꽃 친구들이
어김없는 봄 손님이네
그저 감사의 미소로 화답하네

(1995)

철쭉
– 꽃의 존재 이유·6

남몰래 눈물 흘리며
겨우 내내 준비한 그 사랑으로
오롯이 아픔을 피우다
다섯 꽃잎 속에
온 우주가 있으니
꽃 피우고, 피우고 또 피우고
여린 잎 솜털 보송보송 피워내고
담담한 미소로
세상을 바라본다

(2007)

히아신스

– 꽃의 존재 이유 • 7

겨우 내내 앙다물고 버티다가
이 봄, 꽃구름 과자 만들며 재잘거리는
영광에 젖은 네가 사랑스럽다

자랑과 기쁨에 짙은 향기 뿌리며
우주의 환희에 젖더니
어찌 낙화하여 슬픔을 자아내느냐?

네 심장만 떼 두어 너를 기다릴 테다
부활을 꿈꾸며 스러지는
네 생명의 존재가 부럽다

(2023)

능소화
– 꽃의 존재 이유·8

도봉산 '케네디 얼굴' 위로
떠 있는 오묘한 산호색 노을

산책길 담벼락에 붙어 손짓하며
활짝 웃는 장난꾸러기들

무엇이든 타고 올라 미소 짓는다고 하니
도덕군자님은 도둑 꽃이라 하네

작은 것이 힘차게 올라 웃고 있으니
의지와 열정이 가상치 아니한가?

(2021)

나팔꽃
– 꽃의 존재 이유•9

나팔꽃 축제 현장이다
커다란 나무 화분이 관이 되어 버린
죽어서 애달픈 주목 나무가
하늘 높은 줄 모르고 치솟아 있다

나팔꽃이 위로하듯 온몸을 휘감고 있다
아니, 주목 나무를 정복할 울타리로 여겨
층마다 촘촘하게 불 밝히니
오로지 나팔꽃 나라이다

이파리라면 어디든지 타고 노는
개미 한 마리가 나팔꽃 속을 탐험한다
나팔꽃도 인간 세상의 주인공처럼
하늘 문까지 올라가
그저 올라가겠노라고 나팔을 분다

누가 잡아주지 않아도 고개를 바짝 치켜들고
하늘 향해 자신을 노래한다
"난 아침형이에요. 최선을 다하고
소박하게 시들 줄도 알아요."

그저 다음 세상을 기약하는
둥그런 씨앗이 탐스럽다

(2018)

나비와 수수꽃다리
– 꽃의 존재 이유·10

느티나무 아래에서 눈 감으니
햇빛이 온몸으로 반겨준다

잔디밭에서 제비꽃을 고르는
어린 회색 나비야!
네 시각과 후각을 사고 싶다

리기다소나무에 흔들려도
하늘은 푸른 섬이다

봄바람 유혹에 수수꽃다리 꽃잎 하나
허공에서 춤추듯 제 본향으로 돌아간다

(2005)

튤립
- 꽃의 존재 이유 • 11

너의 고향은 네덜란드
한국 상계동에 둥지를 틀어주었지

한겨울 향수를 달래더니
이른 봄, 세상 밖으로 나왔구나
호피 무늬 긴 팔을 쭉쭉 뻗고
꽃봉오리 머금더니
봉긋하게 피어오르는 생명!
온 우주의 찬란함을 담았구나

꽃봉오리 벙실거리더니
낮에는 몸보다 큰 화관을 쓰고
밤에는 부끄러워 다소곳하구나
쓰러져도 일어나 신들린 듯 춤추고
영광의 무게마저 무겁다고 쓰러지니
영락없이 솔직한 인간의 모습이구나

세상을 떠날 때도
세 꽃잎 모아 합장하고
세 꽃잎 반듯하게 잠드니 경이롭다

마음에 너를 위한 기념비를 세운다

(2007)

백합

– 꽃의 존재 이유 • 12

초봄에 알뿌리 하나 심고
매일 늘어나는 여인의 기린 목

청초함은 소년의 미소
시원스레 올라온 꽃대, 긴 꽃망울

하룻밤 사이에 득도한 듯
꽃봉오리 터뜨리니 향기 만발

네 향기 마음에 가둬
세상 음지에 뿌리고 싶구나

(2022)

이팝나무
– 꽃의 존재 이유·13

청초한 눈꽃 나무 마음을 흔든다
바람의 박자와 나그네 마음에 맞추어
하염없이 춤추니 사르르 녹아내린다

눈꽃이 소복소복 쌓여 흩날릴 듯하다
조선시대 이씨 양반들의 쌀밥 그릇이라니
못 먹어 설움에 겨운 서민들의 눈물 꽃인가?

서민들이 얼마나 굶주렸으면
길쭉길쭉한 꽃잎이 쌀알을 닮았다고
저 꽃송이를 보며 풍자했을지 서글프다

나들이 나온 바람이 무심하게 불어대니
흰옷 입은 발레리나가 살랑살랑 춤춘다

(2023)

고독 꽃
- 꽃의 존재 이유 • 14

홀로 와이망구* 숲길을 걷는다
새소리와 물소리만 정적을 깬다
인기척일까 살짝 돌아보면
영락없는 새소리!

미지의 화산 계곡에 있는
숲길을 걸어 호수에 간다
아름다운 자연이
멈춰서 심호흡하라 한다

푸른 하늘과 흰 구름이
친구 꽃으로 피어 손짓한다
홀로 걸어 호수에 다다르니
'무지개 송사리'가 반겨준다

아름다운 호숫가에서
이방의 낯선 이들과 함께
되돌아가는 셔틀버스에 올라타니
나의 고독 꽃이 사라졌다

(2018)

* 와이망구 : 뉴질랜드 북섬의 로토루아에 있는 화산 계곡

아름다운 인내
– 꽃의 존재 이유・15

무화과가 살아 있다
무화과가 살아 있었다

식물계의 물먹는 하마인 너를
지난겨울에 떼어 놓고
세상의 다른 곳을 탐험하였지
그 추운 겨울, 네가 작별을 고하여
소리 없는 통곡을 하였지

유월도 하순인데 베란다 정원에서
뾰조록 피워낸 이파리 두 잎!
나뭇가지에서 향이 은근하고
여기저기 탄생 조짐에 숨이 멎는다

구조조정을 위하여 가위를 들었다
더욱 싱그럽게 자랄 너를 위하여

(2018)

봄맞이 슬픔

– 꽃의 존재 이유·16

가을을 물들이던 단풍 든 이파리들
삶을 근근이 이어가더니
하나, 둘 낙하한다

화려한 단풍으로 치장한
베란다 '남천'이 주인만 바라보다가
스치기만 해도 우수수 떨어진다
이 서글픈 조화를 어찌할꼬?
너와의 시간도 유한하구나

올봄 너는 시치미 떼며
늠름하게 세대교체하고
여지없이 푸르름을 자랑하리라
아름다운 변신의 가을을 또 꿈꾸리라

모든 찬란함 속에
씨간장 맛 슬픔이 녹아 있다

(2023)

소나무
- 꽃의 존재 이유•17

가지가 축축 늘어진 소나무에
노란 송화松花가 옹기종기 피었다
송홧가루는 언제 뿌릴까?

소나무가 미인을 닮아 미인송일까?
임금 관을 만들던 황장목黃腸木은
자긍심에 하늘을 찌르는구나!
미인송, 적송, 홍송, 리기다소나무야!
너희 본관과 출생지는 달라도
고매한 생각과 혈통은 같겠구나

가지 끝에 뻗은 소나무 순筍이
어린아이들 함성처럼 쭉쭉 뻗어
가지마다 자랑이 크구나
연한 솔방울은 희희낙락거리다가
언제 참선에 들까?

(2022)

봄 타는 나무
- 꽃의 존재 이유•18

물오르는 나뭇가지들
봄바람의 유혹에 춤춘다
내 유머 상자가 발동하고
아무에게나 살랑살랑 장난치고 싶으니
어쩌면 나도 봄 타는 나무이다
녹차를 마시며 바람을 재워도
마음 가지에 걸린
흰구름이 둥 둥 두둥실
마실 가자며 말을 건넨다
내 안의 어린아이가
봄바람 불면 그냥 흔들리라 한다

(2001)

불암산의 봄
- 꽃의 존재 이유·19

불암산은
바야흐로 이파리들 유치원이다
봄 속에 아이 있고
아이 속에 봄 있다

어린아이의 천진함과
노인의 평안함이
가냘픈 바람에 묻어난다
유치원 꼬마들 발장구치고
원숭이 소리 지른다

가지 끝에 보일락 말락
어린아이 속에 노인이 있고
노인 속에 어린아이 있다
하늘 향해 크는 봄
희망도 자란다

(2006)

서글픈 변신

- 꽃의 존재 이유 · 20

세상에 낮은 것만큼
아름다운 것이 있을까?

소나무와 철쭉을 갈아엎고
키 큰 벗나무를 심었다
키다리 나무 대회인가?
매일 관찰하던 보라색 솔방울 꽃들이
어디로 갔을까?

새로운 꿈을 꾼다
내년 봄 눈부신 벗나무 꽃송이
하늘에 둥둥 떠올라
눈길 주는 아이들 속에
나도 섞여 웃고 있겠지

철쭉과 함께 놀던
엉겅퀴, 씀바귀, 민들레
키 작은 풀꽃들의 외침이 들리지 않아
서운한 여름날 오후

(2011)

연민

- 꽃의 존재 이유 • 21

연하고 기름지고 눈부시게
완벽한 이미지로 태어나
인간에게 화분 꽃으로 선택받아 사랑받았다
인간들이 생명체로 받들어 귀하게 키워
에어컨, 히터 바람에 희열하며
공간을 차지하고 세월을 즐겼다
세월 흘러 마르고 잎이 뜯겨도
생명을 그냥 저버릴 수 없다
윗자리 내어주고
아랫자리 가만히 지킨다
꽃 떨군 쑥부쟁이 같아도
가냘픈 이파리가 줄기에 매달려 있어도
삶의 의지는 푸르다

(2009)

낙화
- 꽃의 존재 이유·22

땅으로 돌아간 지 얼마 안 되는
망자의 흙무덤을 지나다 주춤하다

수십 혹은 수백 년 세월 찬란한
꽃분홍 산철쭉 나무 아래
갓 실어다 놓은 흙 속에 잠든 그 혹은 그녀
무덤 위에 흩뿌려진 진홍빛 슬픔에 속절없다

망자들의 쉼터는 평온하다
너무 잘 나가서 기고만장했던 인생도
하늘만 바라보며 평생 영광을 꿈꾸던 이도
고달프거나 아파서 잔뜩 구름 낀 삶을 살던 이도

이름도 모르는 꽃이 떨어져서 아프고
낙화가 두려워 잠 못 이루며
슬픔을 묽히려 안간힘을 써 본다

(2023)

제2부

버튼 누르기

'나팔꽃의 눈' – 버튼 누르기 • 4

컴퓨터는 밥통이다
- 버튼 누르기·1

자고 일어나면 지식이 뻥튀기된다
세상에 뒤처지지 않으려면
뉴스와 책, 정보와 친구 해야 한다

글 쓰는 사람에게
컴퓨터는 글 밥통이다
'업그레이드' 지상 명령에
무심코 눌렀는데 대재앙!

밥통에 찰진 밥이 가득한데
밥통이 망가져 열리지 않는다
컴퓨터로 이미 마음에 굳은살 박여
수도자인 양 담담하다

삶이든 컴퓨터이든
버튼 잘못 누르면 밥 못 먹는다
황금 덩어리인 시간을 잃어
먼 길을 돌아가야 한다

(2021)

아름다운 지배
- 버튼 누르기 · 2

무엇이 사랑이며
무엇이 인류를 위한 것일까?
인류가 코로나바이러스로
생명을 잃으며 허덕일 때
백신 만든 과학자들이 세상을 건졌다
지적 재산권이야말로
인류 문명의 소금이고 꽃이다

세상이 이 꽃을 공유하자고 들썩인다
세상의 강물이 바른 방향으로 흐른다
생명 앞에서 더 귀한 것이 있겠는가?
소중한 생명 버튼을 바로 누를 때
세상이 제대로 돌아간다

미국의 조 바이든 대통령이
코로나 백신을 세상에 또 지원한단다
이 얼마나 아름다운 지배인가!
총으로만 세상을 지배하겠는가?
백신으로 헐벗고 굶주린 생명을
구하는 것이야말로 아름다운 지배이다

(2021)

갈 길을 잃는다면
- 버튼 누르기·3

믿고 의지하던
산이 무너져 갈 길을 막는다
그냥 처절하게 울고 있을 것인가?
길이 막히더라도
바보 너구리가 약속을 깨더라도
슬퍼하지 말자
먼 미래로 가는 길에
등마다 불을 밝히고 노선을 바꾸면
길은 어디로든 통한다
또 다른 버튼을 눌러
사막일지라도 쉬지 않고 걷는다면
먼 훗날 신의 뜻에 미소 지으리라

(2021)

나팔꽃의 눈

– 버튼 누르기 • 4

베란다에서 나팔꽃이 자란다
오르는 것이 삶의 목표이기에
오늘도 지난至難한 몸짓을 한다
유리창에 길 만들어 대령하니
불 밝히는 줄기 끝의 눈!
목표물이 생기니
이리도 힘껏 대차게 오르는가!
하룻밤 사이에 더 먼 이상향으로
일생의 방향 전환 버튼을 눌렀구나
오늘 너에게서 삶을 배운다
오, 나팔꽃의 눈!

(2021)

까치 똥
- 버튼 누르기 • 5

동네 까치들이 배가 고픈지
아파트 숲에서 운다
현관 앞 담장 위에 쌀알을 놓으며
"구구구, 구구구구~!"를 연발한다
새들이 나의 언어를 알까?

오후에 나가 보니 새똥이 반긴다
깨끗하게 먹고 남긴 감사의 선물!
하늘에서 어떻게 쌀알을 보았을까?
새들이 나의 언어를 알아차린 게다

밥 주는 것을 잊었더니
오늘은 아침부터 아우성친다
지어 놓은 밥을 사 먹으니 쌀이 필요 없는데
10kg짜리 쌀을 주문하였다

새들을 위하여 마음 단추를 눌렀다
배달된 쌀 포대에 배가 불러
흐뭇한 미소가 절로 나온다

(2022)

김치찌개
- 버튼 누르기 • 6

연극을 보러 대학로에 나와
친구와 대망의 퓨전 음식을 먹었다
양념닭 구이도 맛있지만
김치찌개가 쌈박하다

요리 천재는 무엇을 넣었을까?
혀끝에 각인된 그 맛!
참치와 김치를 함께 끓이며 고민한다
맛있는 국물의 비밀은 무엇일까?
발효식품인 고추장이 정답일까?

아, 한국인의 뼛속에 스민 그 맛!
어제도 오늘도 고추장 버튼을 누르니
달짝지근하게 감칠맛이 난다
김치찌개 국물이 떡볶이 국물과 사촌인 듯

(2022)

진정한 강자
- 버튼 누르기 • 7

TV 화면 속 우크라이나의 폐허가
흡사 한국 전쟁 때 모습이다
무채색 한복 입은 사람들의
길 잃은 황망한 눈동자들이
젤렌스키의 비통한 눈동자에 겹쳤다

조 바이든 미국 대통령!
그가 미국의 힘과 돈으로
칼을 뽑아 푸틴의 전쟁 범죄를 막으며
우크라이나에 수혈하고 있다
진정한 강자란 강자와 맞서서
정의를 실천하는 사람일 것이다

바이든이 이끄는 강물이
세계 평화의 길로 흘러가길 바란다
오, 생명보다 소중한 것이 있겠는가?
전쟁은 인류 최대의 추악한 만행이다
파괴, 살인, 유괴, 성폭행에
우크라이나가 피맺힌 절규를 하고 있다

지금 대한민국이 무엇을 느끼는가?
우리 국민과 위정자들이 미래를 위해
무엇을 준비해야 하는가?

(2022)

시 자판기

– 버튼 누르기 • 8

내 별명은 '시 자판기'이다

어머니를 시제로 한 편 써서 읊으니
오빠가 던진 한마디!
"너는 시詩 자판기로구나!
생각만 하면 시가 나오는구나."

마음 버튼만 누르면
누에고치에서 실 켜듯
시가 쏟아지면 좋겠다

평생 '시 자판기'로 살며
남을 위로하는 행복한 시를 뽑아
'시詩 부자'가 되고 싶다

(2022)

모래시계를 뒤집다
- 버튼 누르기·9

수십 년 흐르던 모래알
시간의 퇴적층을 이룬다
누구나 젊은 날 신세대였지만
구세대가 되어 종착역에 이른다
새로운 여정은 푸른 바다 혹은 누런 사막일까?
열대우림 숲일까?
아마도 종합선물 세트일 것 같다

교단에서 벙긋거리며
청춘을 바칠 때 아름다웠고
이제 결 고운, 영원한 스승이 되니
나무처럼 알록달록 단풍 들고 생각도 익어간다
오늘도 어제처럼 내일도 오늘처럼
시간의 강이 흘러갈 것이다

시간 알맹이를 다 내려놓은
모래시계가 정적 속에 빛난다
아하! 모래시계를 뒤집어
다시, 또 다른 정년을 향해
뚜벅뚜벅 걸어가리라

(2020)

나의 '라데츠키 행진곡'을 꿈꾸며
- 버튼 누르기•10

수만 송이 장미와 난초가 이슬을 머금어
황금빛 홀에서 그리스 신들이 튀어나올 듯하다
수많은 오르페우스와 뮤즈가 실수와 불협화음 없이
천상의 곡을 연주하니 황홀하다
지휘자는 우리를 행복의 낙원으로
이끄는 목동인가? 음악의 신, 아폴론인가?

오, '빈 필하모니 관현악단'의 신년 음악회!
온 세상에 조화로운 화음만 있다면
다툼도 비난도 없고
사랑과 감동이 샘처럼 솟으리라
하나 되는 우리를 생각하고
그저 트라이앵글만 잘 치면
그저 바이올린만 잘 켜면
세상은 얼마나 아름다울까?

오, 악사들과 지휘자 다니엘 바렌보임의
미소 속에 스치는 성취의 기쁨, 행복감에
TV 앞 청중도 절정을 맛본다
오, 악기 연주에 곁들인 청아한 합창

빈 국립발레단 무용수들의 발레 독무, 듀엣, 군무!
모두 천상의 작품이니
예술가야말로 행복 씨앗을 뿌려
감동을 거두는 농부가 아니겠는가

오! '아름답고 푸른 도나우강' 선율이
앙코르곡으로 흐른다
"오, 도나우, 도나우, 아름답구나!"
수줍던 여고 시절의 합창반 무대로
내 마음이 날아오른다
오스트리아 국민을 위로해 주고
온 세상을 새해맞이 기쁨의 도가니에
몰아넣는 신호탄!
철들지 않은 한 청중이 나비 되어
한밤 거실에서 왈츠를 춘다

라데츠키 행진곡이 흘러
어느새 관객들도 나비도 지휘에 맞추어
손뼉 치며 하나가 된다
오스트리아인의 자존심이며 보물!

세계를 하나로 만드는 음악 축제의 꽃!
대한민국에서 라데츠키 행진곡은 무엇일까?
나의 라데츠키 행진곡은 무엇이 될까?

(2021)

대한민국 교사 지킴이, 푸른 해송

- 한국교총 하윤수 회장님

어느 투사의 얼굴이
저리도 지혜롭고 밝고 부드러울까?
바람 거센 바닷가에
믿음직하게 서 있는 해송海松,
한국교총 하윤수 회장님을 만났네

대한민국 교사의 지킴이, 대부!
부리부리하고 정의로운 눈매에
정곡을 찌르는 이야기로 감동을 주며
온화한 미소와 기지가 빛나네
독립운동가의 후손이 동학東學 정신으로
한국의 교육을 바르게 이끄네

학생의 인권이 인구에 회자하는데
교원의 교육권은 낙동강으로 흘러갔을까?
섬진강으로 흘러가 맹꽁이들이 슬피 울까?
자신의 교단 30년 인생에
죽음으로써 결백을 보이신 부안의 송 선생님!
해송이 그를 위해 싸워 명예를 회복해주고
교권을 아름다운 승리로 이끌었네

한국 교단의 무궁한 발전을 꿈꾸며
거센 해풍이 불어도 낭창낭창한 해송!
교육의 푸른 숲을 기약하며 우뚝 서서
천년만년 건강과 행복을 누리시길 비네

(2020)

밀랑말랑한 천사들

잠시 못 본 선생님 출현에
함박웃음이 교실에 넘치고
사랑과 환영의 메시지가 칠판에 가득하다
"선생님, 사랑해요!"

못내 미안한 마음 미소로 감추었는데
아이들이 일어나서 환호성을 지른다
가슴이 벅차올라 잠시 숨을 고른다

'천사'들이 선생님이 안 계셔서
소중함을 알았다고 고백한다
말랑말랑한 천사들 앞에서
선생님이 따뜻한 찐빵이나
한 알의 달콤한 사탕이 된다

천사들 앞에서 '꽃 선생'이 되었다
사랑에 보답하는 꿀이 뚝뚝 떨어지는
사랑스러운 '꿀 선생'을 꿈꾼다

(2018)

한 우물

자습 시간이다
아이들 모습을 지켜본다

아이들에게 시간의 소중함을 알려 주고
한 시간의 목표와 함께 자유를 준다
열정과 자율이 샘처럼 솟는다

어떤 아이는 혼자 문제를 풀고
어떤 아이들은 또래 학습에 즐거워한다

어떤 아이들은 소리 없이 실뜨기한다
선생님도 참지 못하고 실뜨기에 끼어든다.
우리는 잠시 한 우물에 빠졌다

(2018)

억수

문제지 나누어주고
아이들 생각 한가운데 서 있다

내일의 꿈나무들 키 재는데
고요 속 빗줄기가 열창한다
창밖 떡갈나무가 신이 나서
아이들 대신 환호성을 지른다

눈으로 아이들을 지켜보며
짧은 상념의 포로가 된다
수업 없이 감독만 하니
하늘이 선생님 목청에 내려주는 축복!

비가 억수같이 오고
지친 아이들이 억수로 잔다

(2002)

나방과 영웅

조용한 교실에 동요가 인다
장난꾸러기들이 뭔가 시작한 게다
오, 날아다니는 한 쌍의 나방들!
복도에서 공부하던 아이들도
한쪽에서 오싹한 몸짓!

"나방이 사이좋게 놀고 있구나!"
"선생님! 무서워요!"
"선생님은 어머니와 어린 조카를 위해
지렁이를 집은 적이 있단다."

두 손으로 나방을 유리창 가까이 몰아
두 손바닥 안에 그 녀석을 잡았다
한순간 인간 감옥에 갇힌 나방!
"얘들아, 선생님이 나방을 잡았으니,
나방 정복자이며 너희들의 영웅이구나."

고3 교실에 번진 한바탕 웃음에
선생님에 대한 신뢰 지수가 올라간다
아이들이 책 속에서 다시 꿈을 딴다
(2020)

사랑 시
– 사랑·30

영혼이 고독할 때
사랑 시詩를 쓴다
무엇인가 채우고 싶어
원고지 위에 가슴을 비운다

몸과 마음이
봄꽃처럼 물오를 때
알 수 없는 기대감에
사랑 꿈을 꾼다

영혼을 데우고 싶어
사랑 시를 쓴다
상상 여행을 떠나며
즐겁게 포로가 된다

사랑한다며
사랑의 활시위를 당겼을 때는
그 사랑에 젖어
사랑이 간절하지 않다

(2008)

고추잠자리
- 사랑·31

고추잠자리가 또 다른 자신을
꼬리에 달고 난다
휘-익 휘-익 휙휙!
부-웅 부-웅 붕붕 콩콩콩콩!

다른 고추잠자리 한 쌍도
신나서 네 박자로 저공비행 한다
트레이너, 친구, 아니면 애인일까?
양 날개를 활짝 펴고
똑같은 속도, 똑같은 박자
똑같은 모양으로 난다
사랑의 행위 혹은 환희의 공유일까?

한 쌍이 경쾌한 율동으로
콩콩콩 휘익 콩 비행 춤을 추더니
평행선을 그리며 날아간다
또 한 쌍이 발레를 선보이고
유일한 관객에게 길게 인사하더니
하늘로 올라간다

너희는 무엇을 하는 거니?
그 아름다움은 어디에서 오는 거니?

(2010)

독백
- 사랑•32

호수 옆에 이국적이며 신비로운 음악이 흐르는 집이 있어요. 그 집에 동화 작가를 꿈꾸는 아름다운 여인이 있어요. 그녀의 이름은 엘리자베스랍니다. 가끔 이상향을 꿈꾸며 컴퓨터로 외부 세계와 대화를 나누고 외출도 하지 않아요.

남자 친구가 그녀를 만나고 싶다고 해도, 그녀는 구구절절한 변명을 늘어놓으며 거절하고 시간이 없다는 말만 되풀이하지요. 그래서 그 남자가 『그녀가 시간 없대요』라는 소설을 쓰겠대요.

그가 부모님이 계시는 호주로 떠난다며 차 한잔 하자고 했어요. 그리고 자기 대신 자기랑 성격이 아주 비슷한 녀석을 나에게 소개해 준대요. 수의사인 그가 그녀에게 강아지 한 마리를 선물했죠. 그녀가 강아지에게 '모놀로그'라는 이름을 지어주었어요. 그녀가 호수 한가운데 있는 신비로운 섬을 그 남자의 호주라고 생각하며 모놀로그와 함께 배를 저어 가끔 섬에 다녀와요.

당신도 강아지 한 마리 키워 보세요. 강아지가

당신을 더 잘 이해해 줄걸요. 참견도 안 하고 귀찮게 하지도 않아요. 그냥 둥그런 눈으로 처다보며 "컹컹, 컹컹, 커엉!" 노래하며 따라다녀요. 그 녀석 노랫소리도 예쁘지요?

(2012)

절정
– 사랑•33

수락산 계곡 시냇물에
살얼음이 얼어
물속 피라미의 생사를 알 수 없다
철쭉은 몰래 사랑을 하고
동정녀처럼 아이를 뱄다
베란다가 햇살로 더워졌을 때
요염한 붉은 입술을 뾰족이 내밀고
내밀한 사랑을 자랑한다
그 사랑이 얼마나 달콤하면
이리도 예쁜 꽃봉오리를 틔울까?
철쭉은 바야흐로 절정을 꿈꾼다

(2021)

나의 봄

돌 틈 사이에서
아우성치는 들꽃처럼

겨우내 봄을 기다리던
벚꽃 망울처럼

추운 겨울을 이기고 피어난
환타 색깔 철쭉처럼

하늘 여행하는 소꿉친구 영순이가
꽃 속에서 봄이라고 웃는다

너는 어디에 있어도
나의 봄이다

(2019)

그리운 소녀들에게

잠 못 드는 밤에
소녀 시절 그리운 친구들 이름을 떠올리며
되새김질하니 새록새록 그립다
은희, 희정, 후남, 영현, 아란, 복남, 경옥…
그 시절 순수의 결정체들은 어디에서 어떻게 살까?
소녀 시절 꿈을 이루었을까?

여중 시절 성악을 하던 꾀꼬리, 희정이
하얀 얼굴로 배시시 배시시 웃던 내 짝 은희
시험 볼 때면 친구 집에 가서 밤을 지새우겠다고
배꼽에 안티푸라민 바르고 함께 잠만 잤던 후남이
여름날 저녁 새끼 화가, 영현이네 집에서
맛있는 저녁밥을 함께 먹었지

소녀 시절 고뇌를 함께 나누었던 아란이
여고 시절 합창반에서 함께 노래 부르던 복남이
여고 1학년 음악 시험 볼 때 가곡을 유행가로 불러
반 아이들을 모두 선생님 피아노 앞으로
모이게 한 경옥이
꼬마 때 드라마 주제가를 부르던 프로 가수였지

경옥이는 우리 부모님 앞에서 곧잘 노래를 불렀지
지금도 가수를 하고 있을까?

친구들아!
언제 다시 만나 해맑은 얼굴로
순수 시대의 꿈 많던 장난꾸러기가 되어
깔깔 웃을까?
만나지 못해도 너희는 내 가슴 속에 살고 있지
오, 아름다운 시절의 친구들아!
너희 덕분에 지금도 볼이 발그레한 소녀가 된다

(2023)

빛과 열정

구름이 태양을 감싸니
차마 황홀하여 눈을 감네

만물을 키우는 푸근한 것이
뜨거운 열정을 품고 있네

뿜어 나오는 에너지로
빛 타래가 아름다움을 다투네

빛에너지가 우리를 사로잡아
열정이 마음의 불꽃을 피우네

(2009)

희망의 홀씨 되어

내 마음의 꽃, 따뜻한 시편詩篇들아!
민들레 홀씨처럼
세상이라는 봄 들판에
눈 쌓인 겨울 호숫가에
사랑하는 사람들 마음속에
기분 좋은 바람과 함께 날아다오
사람들 가슴속에 살짝 앉아
희망 불로 작열하여 달콤한 감동으로
힘겨운 어깨 토닥여다오
흐르는 솜사탕 바람결에
희망의 홀씨 날려보낸다

(2016)

제3부

나의 역사박물관

필자가 사랑하는 부모님의 젊은 시절 모습 – '나의 역사박물관'

나의 역사박물관

늙어도 철들지 못하는 고아
부모가 못내 그리워 눈시울 붉힌다

돌아가신 부모와의 가슴 따뜻한 추억
참을 수 없는 그리움, 가르침에 묻혀 산다
이것은 아버지께 물려받은 유산이고
저것은 어머니께 배운 교훈이다

몸이 유전자를 이어받아 어머니와 똑같고
부모라는 산山 밑에서
물에 종이 젖듯 부모를 따랐는데
아직도 그 시절을 더듬는다

부모가 나의 뼈를 이루고
정신의 원천이니,
부모가 곧 나의 역사박물관이다

(2022)

인왕산 봄나들이

화창한 봄날
독립문역 벽에 새겨진 '독립 선언서'를
여고 시절 국어 시간에 읊조리듯 한다
"오등은 자에 아我 조선의 독립국임과
조선인의 자주 민족임을 선언하노라."
한 호흡에 숙연해지는
독립문을 뒤로하고 안산에 오른다
봄 꿈에 부푼 등산객과 봄바람에 춤추는
꽃물결에 봄날이 간다

팥배나무, 귀룽나무, 황매화
산벚꽃이 휘휘 한창인데
온 산을 밝은 에너지로 물들이는
황매화가 단연코 으뜸이다
숨결을 느끼며 곁에 서서 묻는다
'이 봄날에 무엇을 하고
이 슬프도록 아름다운 날에
무엇을 하지 말까요?'

'하늘 다리'를 건너 인왕산을 오른다

초등학교 때, 인왕산 산길에서
아버지는 삼 남매에게
어린 막내를 업고 밥 짓고 계실
우리들의 껍데기를 외쳐 부르라고 하셨다
"어머니~! 어~머~니~!"

인왕산 절터 마을로 내려와서
서대문으로 걸어가니, 타임머신을 탄 듯
젓가락처럼 쭉쭉 뻗은 빌딩들이 낯설다
북아현동 우리 동네는 어떨까?
추억의 힘으로 계속 걷는다
한겨울 쓰러진 어머니를 업고 맨발로 달리던
여고 시절의 그 언덕길을 걸어본다
부모의 달콤한 기억이 묻어 있고
소녀의 꿈이 깃들던 북아현동 650번지!

현대의 개발 물결에
그 아름답던 한옥들이 양옥과 뒤섞여
우리 집을 찾을 수 없다
재개발이란 미명美名 아래

추억의 궁전이 공중분해 되기 전에
그 집을 노크하고 들어가면,
가상 현실로라도
아버지, 어머니, 그리고 그 시절의
나를 만날 수 있을까?

(2021)

꿈속의 아버지

어릴 때 네 똥이라며
아버지가 똥을 맛있게 드신다

아버지만의 기분 좋은 각도로
하늘을 우러르며 웃으신다
저 황홀한 미소와 마주하니
그 옛날 천국에 머문다

아버지 시선을 좇아
큰 공주 입꼬리도 함께 올라간다
행여 아버지가 사라질까 봐
눈 뜰락 말락 감고 있다

(2022)

나의 스승, 나의 아버지

수십 년 동안
짙은 갈색 장식장에서
침묵하던 아버지 발자취!
아버지 정신과 손때 묻은 물건을 보며
어릴 때부터 꿈을 키웠네

아버지가 소중히 여기던 전주사범학교 졸업장,
상장, 표창장, 문교부 금배지들,
교장 승진 축하패, 방송통신대 졸업 사진,
학급 아이들 사진, 동료 교사들 사진,
국어, 산수, 사회, 체육, 성교육, 학교 행정 분야의
연구 논문들!
초등학교 선생님인 아버지는
연구도 다양하고 흥미롭게 하셨네!
고대 그리스 학자들을 연상케 하네

오, 나의 아버지, 윤상렬 교장선생님!
나의 우상을 친구들에게 자랑하곤 했네
아버지 피와 DNA를 물려받아
아버지처럼 교단에 한결같이 머무르고

내 마음도 글로 표현하는 모양이네
어느새 딸도 이순耳順을 넘기니
정년停年이 빛의 속도로 다가오네

아버지 발자취를 더듬으며
가만히 불러보네
오, 나의 스승님!
오, 나의 아버지!

(2020)

흘러가면 그리워진다

화랑대역에서
망우산 공원묘지를 찾아가네
환갑을 맞이한 친구 채남이와
걷고 걸어 8킬로를 걸어
아차산 깔딱고개까지 올라가네

온 산이 허무의 무덤으로 덮여
나의 미래와 죽음도 떠올려 보네
길이 아닌 곳에 길이 있고
무수한 무덤 주인들과
무덤지기 제비꽃이 손짓하네

요절한 박인환 시인 무덤가에서
그의 시를 읊조리고
가수 박인희 노래를 낭랑하게 부르고
이중섭 화백 무덤가에서
가난한 천재 화가의 삶이 떠올라
그저 고개를 숙였네
아버지 동창이라는 신동엽 시인이
나를 불러 세우는 듯하여
시비詩碑를 감싸며 사진도 찍었네

사가정역으로 내려가는 길은
올라온 길보다 훨씬 짧다고 하네
그래도 돌아본 길은 아름답고
가야 할 길은 멀게 느껴지네
지나가면 그리워질 테니
뚜벅뚜벅 가야겠네

(2020)

생강차

– 어머니 • 82

이른 겨울 아침
생강차 한 잔을 음미하며
상큼하고 발랄한 여동생의 이름을
느긋하게 되뇌어 본다

철없던 소녀 시절에
자매들이 흔히 그렇듯이
잘 놀다가 손톱 세워 다투었다
이제 둘도 없는 친구 되어
풋과일 시절을 반추하며 깔깔거린다

영환, 연모, 숙란, 지환!
모친의 입원 소식에 모두 모여
강아지처럼 어미 품을 파고들며
자신의 근원과 눈 맞추던 네 남매!
부모가 세상에 남긴 귀한 선물이다

부모의 눈길과 손길에
까르르 웃던 그 봄날처럼
네 남매가 꼬까옷 입고 춤추고프다

눈 내리고 한가로운 오늘
뜨거운 생강차 한 잔 함께 마시고 싶다

(2018)

꽃으로 피어나는 어머니
- 어머니•83

꽃이 그저 사랑스러워
쪼그리고 앉아 미소 짓던 어머니

독특하게 아름다운 붉고 푸른 이파리만으로
꽃 마음의 진수를 보여주는 꽃, 지리홍!
꽃이 어머니를 빼닮았네
꽃 중에 가장 예쁘다고 하셔서
어머니 보듯 사랑스럽게 보았네

한겨울에 이사하느라 꽃이 죽어
어머니를 잃은 듯 슬펐네
몇 달 동안 꽃집을 헤매다 찾은 보물!
꽃을 사다 놓고 깨달았네
꽃은 꽃이고 어머니가 아니라는 것을!

스무 해 동안 자라던 빈 화분에서
죽은 듯했던 뿌리가 살아
줄기가 허공에 붓질하듯
넉 달 만에 소생하여 신화神話를 썼네!
어느새 꽃 곁에 다가오신 어머니!

아, 어머니!

(2023)

자매들의 수다

- 어머니 · 84

모임에 가려고
여왕을 꿈꾸며 분장한다

전화로 함께 떠들던 여동생이
영상 통화로 언니를 보며 장난을 건다
- 흥, 언니가 '양가위'야? 키드득!
- 내가 '양가위'라면, 넌 양식칼이야?
엄마는 양도끼!
- 아버지는 양동이야?
- 응? 양동이와 양도끼? 좀 이상해.

어머니 말씀이 생각난다
"그 나물에 그 반찬이구나."
'화양연화'의 장만옥을
'양가위' 감독으로 알다니
무식함도 즐거움의 원천이 된다

(2022)

마음 그릇

- 어머니·85

부모님 산소에
장미 나무와 카네이션꽃을 바친다

작년 봄에 심은 영산홍과 찔레꽃이
겨우내 추위를 이기고 살아내었구나
돌아가신 부모를 향한 자식 마음이 커지듯
꽃도 마음이 부풀어 키가 자랐구나

오늘 산소에 차린 음식 사진을 보니
상석 위에 빈 그릇도 보인다
부모님은 아시리라
딸내미가 정갈한 마음을 담은 것을

어릴 때는 장난기에 마음을 숨겼는데
이제 빈 그릇이 내 마음 같아 허전하다

(2023)

카네이션 한 송이
- 어머니 • 86

오월 청량한 바람 타고
"연모야, 연모야!" 부르는 소리 들려와요
얼굴 비비며 어린양 떨고픈
그리운 우리 영웅, 아버지, 어머니!

카네이션꽃 한 송이에
이리도 눈물이 흐르는 것은
두 분이 못내 그립기 때문이겠지요

카네이션꽃마저 없다면
눈물 말고 무엇을 바칠 수 있을까요?

그리움이 깊어
눈물 꽃이 활짝 피었습니다

(2024.)

고추잠자리와 신세계

타임머신을 타고
안국동 덕성여중에 내리니
단발머리 소녀가 하늘하늘 나비를 쫓는다

초등학생이던 막냇동생과
학교 안 장미꽃밭에서 사진을 찍는다
동생 지환이에게 열어주던 신세계는
사람 꽃과 장미꽃이 시들지 않아
언제든 갈 수 있는 이상향이다

한 손에 연애소설을 들고
꽃밭에서 장미 향기 맡으며
잠자리를 쫓아 함께 날다가
수업 종이 친지도 모르던 순수의 시절!

국어 선생님께서 늦은 이유를 물으셔서
파르르 떠는 내 친구를 보여 드렸다
"장미꽃 향기에 취해 잠자리 잡다가 늦었어요."
선생님께서 얼굴을 허물고 미소 지으셨다

(2010)

삶의 노선
– 산다는 것은 • 18

지하 3층 보호자 대기실을 탈출하여
지상으로 비 구경을 나간다
주목朱木이 늘씬한 허리를 자랑하며
이슬을 품고 있다

햇도그만 한 강아지풀꽃이
자신도 구슬을 품었노라고
꽃대 고개를 살랑살랑 흔든다
그 존재감에 놀라 배시시 웃는다

어머니를 간호하며 일주일 내내
먹는 둥 마는 둥 했는데,
보호자 대기실에서 이웃이 주는 음식을
뱃속에 꾸역꾸역 마구 집어넣었다.
오랜만에 누려본 어처구니없는 호사!

아무리 노력해도 소용없을 때
그저 울음을 삼키며 희망을 삭감하고
불행과 타협한다
우리가 알지 못하여 탈선할 수도 있는

삶의 노선이 있을지도 모른다

(2018)

죽음을 밀어내는 것
- 산다는 것은 • 19

죽음 앞에서
고귀한 생명이 강한 의지를 보일 때
새끼들이나 어미와 아비는
홀로 싸우는 고통을 지켜본다
죽음 앞에서
처절하게 피 흘리며 싸울 때
누가 감히 그 고통을 가늠하겠는가?
어머니 대신
아프게 해 달라고 빌어 본다
뻔한 말을 기도라고 올리다니
번지르르한 말에 마음만 허허롭다
산다는 것은 죽음을 밀어내는 것이다
산다는 것은 사랑하는 사람의
끔찍한 사투를 지켜보며
조금씩 미치지 않고 살아내는 것이다

(2018)

축제가 끝나기 전에
– 산다는 것은 • 20

햇살 좋은 오후
꽃과 나무, 풀숲이 있는 곳을 찾아
그들도 잘 있는지 안부를 묻습니다
나팔꽃이 이파리가 없어 슬픈 나무를
위로하니 세상이 밝아집니다
어느 누가 그리도 풍요로운 자태를 뽐낼까요?
점심시간이 지나니 꽃이 시들어 안타깝습니다
피어 있을 때 찾지 못한 나의 잘못입니다
나팔꽃은 얼마나 기다렸을까요?
나팔꽃이 일찍 시드는 것은 숙명이지만
아름다울 때 만나는 것은
우리에게 놀라운 기쁨이 아닐까요?
산다는 것은 시들기 전에
축제의 박수가 끝나기 전에
찾아가서 인사 나누고
축하해주는 것이지요
내일은 오전 일찍 와야겠어요

(2018)

짬뽕 한 그릇
- 산다는 것은 • 21

어머니와 함께 병원에서 시간을 보내고
세수도 못 한 몰골로 미금역에 나오니
삶이 전투를 방불케 한다

여름은 인사도 없이 떠나고
가을이 사랑스럽게 눈짓한다
과일가게에도 가을이 찾아와
새빨간 홍옥이 눈에 띄어 서글프다

대로변 과일 무더기 옆에서
옆모습만 봐도 아버지와 세 아들이
중국집 짬뽕을 맛있게 먹는다
붉은 국물과 감아올린 국수 가락에서
삶의 열정과 긴박감이 묻어난다

수십 년 뒤
아들은 연로한 아버지 침상을 지키며
짬뽕 한 그릇 추억에
눈물을 흘릴지도 모른다

(2018)

눈 내리는 한강

슬픔이 가득한 하늘을 우러르니
울고 있을 그대 생각에
가슴이 아리고 시리다

하늘과 한강이 같은 얼굴로
막 울음을 터뜨릴 듯하니
동병상련일까?

갈매기 한 마리
한강 물 가까이 날며
먹이를 찾아 힘찬 날갯짓!

그래! 우리도 너처럼
푸른 의지로 살아야 한다
돌연 마음 한구석이 밝아온다

(2022)

보문사 연등 꽃

고운 임, 종정 '예하' 스님 법문에
꽃과 새들이 귀를 열고
보문사 연등 꽃도 만개한다

염불 소리, 징, 꽹과리, 대금 합주로
세상에 한바탕 울림을 준다

맑은 물로 아기 부처님을 씻어드리니
게으른 불자가 스스로 맑아지는 기쁨!

고요 속 찬불가에 마음이 열리니
대중大衆이 시름에서 헤어난다

(2021)

안동의 봄

온 세상이 바이러스로 시끄러워도
봄바람이 여지없이 분다
이름 모를 둥그런 산들이 안동을 감싸고
금강송이 두 팔을 하늘하늘
느티나무도 연두 옷 입고 춤추니
푸근한 안동 품에 안긴다

봄을 따러 나온 사람 없어도
봄이 마중 나와 눈부시다
봄바람인 양 고즈넉한 하회마을을 돌며
이집 저집 들어가서 말을 건다
황금빛 볏짚으로 지붕을 인 오두막 카페에서
중년의 남편이 장작을 패고
얌전한 아내가 식혜를 대접한다

어머니 식혜 맛과 비슷하여
봄 내음과 함께 맛본다
하늘나라로 이사 가신 어머니는
도대체 언제 안동에 와서
햇살로 딸내미를 기다리고 계셨을까?

지나가는 봄바람이 무심해도
버스 쉼터까지 여행객을 데려다주는
기사님 마음씨가 정녕 안동 마을 같다
안동 사람들 마음씨도
세계문화유산감이다

(2020)

도심의 '스타벅스' 카페

경복궁역 빌딩 숲을 거닐다가
2층 창가에 앉아 거리 구경을 한다
빌딩 숲에서 홀로 빛나는
노란 은행나무를 눈으로 품는다
가을날 눈부신 단풍이
하늘을 살랑살랑 흔들어
마음의 문을 빛처럼 열고 들어온다

젊은이들이 마스크를 쓰고
커피 컵을 들고 가는데
태곳적부터 그랬던 것 같다
그들도 나처럼 코로나 백신을 기다리며
일상이란 폐쇄 회로에서 탈출을 꿈꿀 것이다
'스타벅스' 카페 앞에
은빛 지구를 탈출하려는
샐러리맨의 갈망이 하늘을 찌른다
이건 정녕 '존 트라블타'의 디스코가 아니다

은빛 찬란한 구슬이 소우주인 양
이 시대의 한 단면을 비추어준다

카페 '스타벅스'라는 영문자 아래
벤치에 홀로 앉은 노인이 외롭고
시간이 우주의 주인 혹은
떠돌이별들을 이동시킨다
이 거리에 커피마저 없다면
직장인들은 하냥 허한 마음을
무엇으로 달랠까?

(2020)

하얀 미련

경칩이 지나서
하늘에서 새 깃털을 흩뿌린다
아직 끝나지 않은 겨울 사랑일까?

봄맞이 털갈이 의식을 하는지
보이지 않는 새들의 윤무가 휘황하다
마음을 온통 뒤흔드는 점묘화 한 점

하얀 미련일랑 흰 눈에 녹여
목마른 땅에 사랑 주고
새순을 키워 보자

마음 한구석 비집고 들어오는
봄노래!

(1999)

슬픔

별이 총총한 하늘
무념무상의 시간이 흐른다
짙푸른 하늘 바다에 뜬
사라질 듯 사라지지 않는
별 하나
심연深淵에서 잠자고 있던
슬픔이 다가온다
오랜만에 만나는
나

(2019)

조선의 통곡

임이 울고 있네
조선의 어린 꽃이 심장을 내어놓고
처절하게 울고 있네
검푸른 바다 위에 소녀의 통곡이 흐르네

전쟁이 소녀의 꿈을 짓밟았네
사나운 짐승에게 넋을 빼앗기고
꽃다운 나이에 꽃이 꺾였네!

그 몹쓸 꿈에
임이 천둥 곡소리를 하니
대한민국이 통곡하네
온 세상이 함께 부르르 떠네

임이 고통의 무덤에서 나와
자그마한 평화라도 얻길 비네

(2006)

| 제4부 |

이집트 사막의 노래

'이집트인의 미소' (서울중등사진교육연구회 필자 전시작품, 2020)

신들의 서사시

- 이집트의 노래 • 1

하늘에 꽃피운 설산雪山 이미지!
동화 속 '눈 나라' 문이 열린다

구름 숲의 신들이
순백의 순수 '오디세이'를 펼친다

마음을 모두 비운 순간
우리도 신이 된다

커다란 새를 타고 날면
신이 다가와 말을 건다

(2020)

이집트인의 삶

- 이집트의 노래 • 2

나일강물이 사탕수수밭을 살찌우고
하얀 이삭 모자 쓴 파피루스*가
나그네에게 다부지게 말을 건넨다

이집트 촌부村夫가
당나귀가 끄는 마차를 타고 간다
무릎 위에 두 손을 가지런히 올려놓고
자연에 순응하고 신을 경배하며
당나귀 속도에 맞추어
느림의 미학으로 삶을 엮어간다

우연히 마주한 꽃 같은 아이들
빛나는 미모를 가진 여성들이
차도르 속에 아름다움마저 숨기고
손 흔들며 함박웃음 짓는다

그래, 이 미소와 만나기 위해
아프리카 대륙까지 날아왔나 보다
오, 아프리카의 바람!
오, 이집트인의 삶!

(2020)

*파피루스: 나일강, 이집트 등지에 분포하는 여러해살이풀

이집트인의 미소
- 이집트의 노래·3

이집트인의 순수한 미소가
사막의 고운 모래처럼 빛난다
저 흐르는 물결, 바람을 온몸으로 맞서며
거세게 흔들어대는 갈대꽃에
인간의 나약함을 되새김질하는 나그네!

삶의 무대인 관광지에서 한두 푼 받으며
돈이 되지 않아도 실망하지 않고
얼굴도 찡그리지 않는다
1달러라고 호객하며 마냥 미소 짓는다

사막의 바람과 나일강 흐름 속에서
인간의 번뇌를 털어버리며
사막을 걸어가는 낙타처럼
그저 묵묵히 나아간다
낙타와 함께하는 구도자 되어

사막에서 내세를 꿈꾸던 조상처럼
그들이 현대를 살아가는
신화 속의 존재가 아닐까?

신화 같은 축복을 꿈꾼다
그들에게 그리고 나에게

(2020)

람세스 2세에게
- 이집트의 노래·4

어둠의 신들이 춤추는 새벽 네 시
사막의 밤길을 버스로 달린다
오, 람세스 2세 파라오여!
사후 세계를 두려워하여
왕가의 계곡에 묘지를 만들고
왕비 네페르타리를 사랑하여
아름다운 무덤을 지어 바쳤는가?
그대의 사랑으로 내세를 위한 궁전을 짓고
그 유물로 이집트를 후세에 알렸는가?
그대 나라가 지금 가난하여도
그대들의 고대 문명이 놀랍도록 아름답다네
수천 년이 지나도 온 세상 사람들이
사막에 뿌리내린 문명, 예술에 감탄하며
피라미드, 신전, 벽화, 상형문자를 보러
그대 나라에 찾아와 돈을 뿌린다네
파피루스 꽃이 피듯
연꽃이 진흙 속에서 노래를 부르듯
그대 나라가 부활하길
이 방랑자도 꿈꾼다네

(2020)

이집트의 축복
– 이집트의 노래 • 5

아프리카 사막이 낙타 피부 같고
잉크빛 홍해 바다가 그림 같다

연분홍 구름 카펫 위로 네페르타리가
미美의 여신, 하토르에게 공물을 바치고
뱀 모습을 한 파라오가 람세스인 듯하다
설핏 이집트 신화를 꿈꾼 모양이다

하늘이 이집트에 축복을 쏟아붓는다
비 내린 후 뜬 무지개도 축복이다
하늘이 하도 아름다워
하늘 한 자락 걷어다가
여름 원피스를 만들어 입고 춤추고 싶다

이집트 사막에 축복의 비가 내린다
하늘나라에 계신 어머니가 하늘 길을 날아
이집트에 오신 모양이다
딸은 어머니와 함께 여행 중!

(2020)

이집트 사막을 품다
- 이집트의 노래 · 6

야트막한 돌산에 올라
세상을 내려다본다
태양이 아름다운 빛 타래를 늘어뜨려
사라지지 않게 가슴에 품는다

추락할지 미끄러질지
두려워하면서도 하늘로 오른다
내려갈 일을 두려워하랴?
부드러운 모래에 몸을 맡기니
더없는 지상의 놀이터이다

사막을 지키는 나무 한 그루는
바람의 노래로 마음을 키운다
고운 모래와 석양,
그리고 나무 한 그루라면
오아시스가 없어도 지상 낙원이다

사막을 품는 순간
오아시스는 마음속에 존재한다

(2020)

이집트 사막에서
- 이집트의 노래 • 7

일상을 탈출한 신비한 사막이다
어린이다운 감성으로
모래 언덕에서 굴러내리니
세월이 거꾸로 간다

어둠 속에서 숨죽이고
별들을 기다린다
거친 바람에 온몸을 맡기고
바람과 친구하고 있다

바람만이 말을 거는 사막에서
태양이 빛 타래를 쏘며
나그네를 맞이하더니
벌써 쉬러 간 모양이다

베두인족은 밤에 무엇을 했을까?
사막의 쉼터에서 별자리를 보며 놀았을까?
별들은 알고 있을 터인데
시치미 떼고 기지개만 켠다

(2020)

이방인의 밤
- 이집트의 노래 · 8

원주민들이 살던
이집트 천막촌에서 밤을 기다린다
사람들이 문명文明에 떠밀려
도시로 갔을까?
과거에도 비둘기를 꼬였을 괴상한 구조물이
텐트촌 수문장이 되어
과거로의 상상의 문을 활짝 열어준다
비둘기가 유혹의 덫에 걸리는
구멍이 숭숭 뚫린
봉수대 모양의 비둘기 집에
비둘기 몇 마리가 살고 있을까?
비둘기들이 탈출을 꿈꿀까?
하늘을 나는 꿈을 접고 그저 살아가며
숙명의 집안에서 회의라도 할까?
금성金星이 일찍 나와 손을 흔들어주더니
별들이 하나, 둘 나들이 나와
이방인들을 구경한다
기원전에도 똑같았을 별자리들이
사막에서 방랑자 손을 이끌어준다

(2020)

별 보며 길을 묻다
– 이집트의 노래 • 9

선도 없고
길도 없는 사막에서 달린다
무작정 몸을 흔들게 만드는
아라비아 음악에 몸을 맡기고
길도 없는 길을 차를 타고 달린다
사막에서 지는 해를 보고
별자리를 헤다가 다시 도시로 돌아간다
멀리 후르가다 시市의 불빛을 등대 삼아
별 보며 길을 묻고
보름달을 친구 삼아 길을 간다
마치 수천 년 전에도 그랬을 별을 보며
길도 없는 사막에서
여행자가 밤을 뚫고
문명의 빛을 향해 나아간다

(2020)

아랍의 바람

– 이집트의 노래·10

후르가다에서 바닷바람을 맞으며
푸른 의지로 부둣가 쪽으로 나아간다
인생이 어디까지일지 몰라도
선착장까지 이어지는 다리를 끝까지 걸으리라
고독할지라도 자유를 향유하리라
물밑 모래가 파도에 휩쓸리며 씨름하고
서핑족들이 꿈의 연을 하늘로 날린다
옥빛 바다가 춤을 추니
이국에서 온 방랑객이 쉬어 가고
초소를 지키는 청년이 미소 띠며
이방인의 행복을 가늠한다

(2020)

피라미드의 아침 인사
- 이집트의 노래 • 11

어슴푸레한 새벽안개 속에서
시간을 초월한 피라미드가
아침 인사를 한다

완벽한 삼각뿔이 아니라
계단식으로 쌓은 인공 산이다
저 엄청난 돌로 계단식 무덤을 짓다니
중국 진시황의 장성을 뛰어넘는다
이승을 하직한 파라오가 내세來世로 가도록
사막에 피라미드를 쌓았구나

그 시절에도 이곳을 거닐었을
낙타와 낙타 몰이꾼이 그림 같다
이집트 청년에게서 숄을 사니
아랍 터번을 만들어 씌워주어
이집트 문화 체험이라도 하는 듯
묘한 즐거움을 만끽한다

고대 이집트 파라오가
피라미드를 짓지 않았다면

사막의 이집트 후손들은 지금
무엇을 하며 먹고살고 있을까?

(2020)

제5부

가을 하늘에 새들도
구슬피 울며 날고

하얀 국화꽃 한 송이 영전에 바칩니다.

송해 어르신 먼 길을 떠나시다
– 국민 MC 고故 송해 선생님 영전에

꽃이 졌네
송해 꽃이 졌네
국민의 사랑과 애도 물결 속에
송해 꽃이 희망처럼 다시 피어나네

우리의 영원한 텔레비전 친구!
삼십여 성상 동안
온 국민의 '일요일의 남자'로
벌거벗고 소통한 송해 어르신!

'전국노래자랑'으로
최장수 음악 프로그램 진행자로
기네스북에도 이름을 올렸네
새싹들이 '송해 숲'에서 선보이고
명창, 가수, 큰 나무로 자라니
송해 인생도 "딩동댕!"이네

먼 길을 떠나셨어도
종로 3가 '송해길'에도 우리 마음속에도
송해 꽃이 영원히 피어 있겠네

(2022)

가을 하늘에 새들도 구슬피 울며 날고

- 고故 최역현 교장선생님 영전에

가을 하늘은 저리도 곱고 푸른데
새들이 구슬피 울며 날아갑니다
가눌 수 없는 슬픔에 하늘을 우러르니
구름 사이로 언뜻언뜻 떠오릅니다
밝게 웃으시는 작은 외숙님 얼굴!

젊은 시절, 어린 조카에게 여행 맛을
알려주신 작은 외숙님!
벌써 하늘 여행을 떠나시다니
슬픔에 억장이 무너집니다
돌아가신 어머님께서 시집오셔서
친정 막냇동생이 보고파 울었다 하시고
작은 외숙님도 카투사에서 군 복무하며
주말마다 큰 누님댁에 오셨습니다
작은 외숙님께서 "너희 아버지, 큰 자형이
나에게 유일한 멘토였단다."라고
저희 네 남매 앞에서 회고하셨지요

평생 사랑을 실천하신 작은 외숙님!
자상하며 명쾌하여 교육자로서

멋진 아버지로서 존경받으셨습니다
천주교 십계명을 기쁘게 지키시고
삼 남매를 사랑으로 가르쳐
아들은 신경외과 의사
두 딸은 보건 교사와 교육 행정사가 되어
모두 작은 외숙님의 자랑입니다

곧고 푸르러 빛나는 소나무!
평생 교육에 몸 바친 최역현 교장선생님!
부디 하늘나라에서
사랑하는 당숙모님, 영문이, 진영이,
진숙이와 손주들을 지켜봐 주시고
천국의 푸른 교육 숲에서도
꿈나무들과 함께 천년만년
'하하호호 천국'의 영광을 누리소서

(2022)

효도 꽃을 피우신 당숙님 영면하시다
- 고故 윤청수 당숙님 영전에

하늘도 슬퍼서 울 듯 얼굴이 이지러지더니
희뿌연 하늘에서 눈물 소나기가 쏟아집니다
큰 눈으로 미소 짓던 작은 당숙님!
평생 도로공사에서 몸 바쳐 일하시고
푸근한 인간미로 매력이 넘치던 작은 당숙님!
이제 하늘에서 편히 쉬고 계시지요?

어린 시절, 김제에 놀러 가면
넓은 시골집에서 폴짝폴짝 뛰놀던
장난꾸러기를 예뻐해 주시던 작은할머님
그리고 당숙님이 가끔 떠오릅니다
전주 당숙님 댁에 내려가면
세월의 무게에 작아지신 작은할머님을
당숙님께서 극진히 모셔서 흐뭇하였습니다

먼 길을 한걸음처럼 달려
저희 어머님을 자주 찾아뵙고
너털웃음과 따뜻한 마음 꽃으로
주변을 밝혀주셨습니다
저희 어머님 49재 때

편찮으셔도 한결같이 함께해주시던
그 모습을 잊을 수 없습니다

지난해 봄, 당숙님을 뵈러 병원에 갔지만
몹쓸 코로나 때문에 발길을 돌렸습니다
평생 함께한 당신의 우주가 하늘로 오르셔서
슬픔의 심연에서 울먹이시던 당숙모님!
절망, 슬픔에 눈물이 왈칵 흐릅니다

오월 신록처럼 푸르던 당숙님!
사랑하는 당숙모님과 혜숙이, 승원이,
어여쁜 손녀딸 걱정은 내려놓고 쉬십시오
산들산들 불어오는 봄바람 타고
극락을 여행하실 때
부모님과 형제들, 저희 아버님, 어머님 뵈면
이승 소식도 전해 주십시오
하늘 여행하시며 이승에서처럼
효도 꽃도 웃음꽃도 천년만년 피우소서

(2021)

시詩 농부 먼 길을 떠나시다

- 고故 김건일 시인님 영전에

사랑으로 시詩 씨앗을 뿌리고
시 밭을 경작하는 시 농부!
'광화문 시 낭송 모임'에서 뵌 지
어언 이십여 성상이 흘렀네

청량리 한약방에서 한약을 달여
세상 사람들을 건강하게 하고
주말마다 시골로 밭매러 가신다던
열성 농부 시인, 김건일 시인님!

카랑카랑한 목소리로 시를 낭송하고
술 한 잔에 정치가 이렇다 저렇다
열변을 토하던 참여 시인이셨네
모임이 끝나면 말없이 퇴장하시던
시인 대장님!

천국에서도 시 예술을 향유하고
시인 친구들을 이끌어
시의 꽃밭을 천년만년 가꾸소서

(2020)

한국 문단의 큰 별 고이 잠드시다

- 고故 심산 문덕수 시인님 영전에

아기 사과꽃이 봄볕에 톡톡 터지고
노란 산수유가 봄 하늘을 향해
기지개 켜는 봄!
봄처럼 온화하게 미소 짓던
한국 문단의 큰 별, 문덕수 시인님!
정녕 하늘나라로 여행을 떠나십니까?

거의 스무 해 전
한국문협 산악회 시인들과 함께 산에 올라
산정에 스치는 봄바람의 합창 속에
하얀 피부의 소년 같은 노시인을 만났습니다
여류 시인이 드린 처녀 시집을 들추어
'회화나무 꽃송이' 한 편을 낭송해 주셨습니다
문단 선배님이 주신, 의미 있는 축하였습니다.
그날을 추억하며 무딘 펜을 들어
오늘 이별의 노래를 부릅니다

시인님은 산정에서도 그랬고
언제나 아내와 함께하셨습니다
시문학사에서『하얀 사랑꽃』시집을 출간하고

문덕수 시인님과 김규화 시인님을 모시고
조촐한 생선 요리로 가벼운 식사를 하였습니다
조용한 성품에 소박하게 드시던 모습,
다정다감하고 진솔했던 정경이 떠오릅니다

대학도서관에서 만난 문덕수 시인님 저서들,
주옥같은 글의 향기에 매료되었습니다
홍익대학교 교수, 국제펜클럽 회장,
한국문화예술진흥원장을 역임한
한국 문단의 큰 별이 지셨습니다
수십 년 전에 발표한 시처럼
'바람 속에서' '침묵'하며
대한민국 시단을 꽃처럼 지켜주소서
하늘나라에서도 시백詩伯이 되어
시의 향기로 천국도 드높고 향기롭게 하소서

(2020)

사랑 시인 고이 잠드시다

- 고故 이효녕 시인님을 기리며

사랑을 아름답게 그리던
사랑 시인님께서 가시던 날
하늘도 슬퍼서 그리도 통곡하였나 봅니다
시인님께서 영면하셨다고
시인들 단체 이야기방에 큰불이 났습니다

세계시인대회에서 시인님을 처음 뵙고
철쭉꽃이 열일곱 번 피고 지었습니다
기억이 가물가물한 추억 속의 옛이야기도
칭찬으로 되살려주시고
후배 시인의 작품에
감상도 멋지게 써주시던 시인님!

사랑을 향기롭게 노래하여
우리 뜨거운 젊은 날을 돌아보게 하고
누구라도 그 사랑에 젖게 하십니다
언어로 사랑을 꽃피우시던 시인님!

이효녕 시인님!
시인님께서 일군 문학의 꽃밭

꽃내음 속에 온갖 새소리,
시 숲의 노래가 그윽합니다
부디 천국에서도 사랑을 노래하며
선후배 시인들과 함께
플라톤처럼 시의 『향연』*을 즐기소서

(2021)

*향연: 그리스 철학자 플라톤이 사랑에 대해 논한 저서

진솔한 화합의 마술사 고이 잠드시다

- 고故 황경엽 시인님 영전에

능소화가 철없이 화려함을 뽐내는 이 여름
천진난만하게 꿈꾸는 소년 같던
황 시인님 꽃이 광풍에 덧없이 스러졌습니다
고통스럽다는 소식에 불에 덴 듯 화들짝 놀라
이승에서 만나 인사라도 나누고 싶었습니다
오늘은 생과 사의 경계를 넘어
슬픈 이별을 노래합니다

시인님께 작품집을 드리면
진한 쌍화차 향기 날리며
작가 마음을 진솔하게 헤아려
긴 두루마리 감상문을 써주셨습니다
아직도 글의 온기에 가슴 푸근합니다

멋진 베레모가 잘 어울리는
'산지기' 황 시인님이 사랑방에 나타나면
시인님의 막걸리 향 가득한 웃음소리가 번져
모두 하나 되어 훈훈하였습니다
시인님은 진정 화합의 마술사이셨습니다

'산지기' 황경엽 시인님!
아드님이 효도하여 손주도 얻었는데
오래 함께하지 못하여
가슴에 피눈물이 또록또록 맺혔겠지요
이승 여행은 아름답게 간직하고
저승에서 아프지 말고
천년만년 시인들과 막걸리 한 잔씩 나누며
멋진 시의 세계를 활짝 펼치세요

(2021)

서라벌의 선구자, 서라벌의 큰 별 지다

- 고故 김영혁 교장선생님 영전에

봄이라고 꼬물꼬물 움츠렸던
벚꽃, 목련, 개나리, 진달래가 피어나는데
어찌 그 먼 길을 홀로 떠나십니까?
서라벌의 큰 별이 졌다고
하늘도 예기치 않게 큰 울음을 울고
꽃잎들도 비바람에 함께 지며 웁니다

돈암동의 서라벌을 노랗게 물들이던
개나리 동산을 기억하십니까?
개나리가 만개하면 시화전이 열리고
가을에는 학교가 축제로 들썩들썩하여
선생님도 아이들도 함께 신나던 그때
그날의 기억에 가슴이 두근두근 뛰십니까?

교장선생님께서 전교생 앞에서
교사로 첫발을 내디딘 저를
대학교 때 장학금을 계속 받은
실력 있는 선생님이라고 소개해주셨습니다
쑥스러웠지만 뿌듯하여 그때부터
귀한 인연의 싹이 튼 듯합니다

조선시대 세종대왕처럼
고대 이집트 신왕국의 람세스 2세처럼
서라벌 중흥에 힘쓰셨습니다
일본 슨다이駿台고교와 자매학교를 맺어
음악과 체육 교류를 하고
아이들과 선생님들을 사랑하고
서라벌을 영광의 자리에 올리셨으니
서라벌의 큰 별이십니다

김영혁 교장선생님!
하늘나라에서도
열정과 장난기 가득한 예쁜 아이들에게
꿈의 실현을 위한 도약의 발판을 마련해 주시고
멋진 후학後學들을 길러내시며
수백 년 수천 년 빛날
교육의 꽃을 피워주세요

(2022)

영어 사랑의 아이콘, '서니 킴' 선생님 잠드시다

– 고故 김영선 선생님 영전에

봄이 왔다고, 봄이 왔다고
환희를 품은 대지!
봄바람에 가냘픈 눈발이
갈팡질팡 어지러이 휘날립니다
서니 킴 선생님의 승천에
하늘이 놀라 하얗게 질렸습니다

빛나는 미소로 밝은 에너지를 뿜어내고
아이들을 사랑으로 가르치고
산을 좋아하여 등산을 즐기셨습니다
학교 '토요산악회'에서
산에 함께 오르던 그 시절이 그립습니다

천생 학자인지라
퇴임 후에도 책에서 눈을 떼지 않고
평생 가르침을 즐겨 마들역 '문화공간'에서
영어 성경과 팝송 영어도 가르치셨습니다
영어 사랑의 아이콘이셨습니다

존경하는 '서니 킴' 선생님!

지금이라도 "윤 선생!" 하며 부르실 듯한데
벌써 저승 여행을 떠나십니까?
하늘나라 하느님 찾아가십니까?
이제 사랑하는 가족들 걱정일랑 그만하시고
천국에서도 좋아하는 영어를 가르치시고
이 산 저 산 피리 불며 오르시길 빕니다

(2022)

'높새바람' 음악 꽃으로 피어나다

– 고故 김의호 선생님 추모음악회에 부쳐

긴 머리를 가볍게 묶은
만년 소년이 하늘을 나네

'높새바람' 소년의 아름다운 노랫말
'내가 노래하면' '가을밤 그대는'
'낙엽에 쓰는 편지' '누룽지'가
영혼의 노래 되어 가슴을 적시네

어머니 그리움을 잔잔하게 노래하고
우정을 작품 사진으로 만들어 보내주고
새처럼 바람처럼 하늘을 날았으니
만년 소년의 삶이 예술이었네

가만가만 귀 기울이네
어라, 높새바람에 솔향이 이네!

(2022)

문학을 사랑하던 '나두' 선생님 영면하시다
- 고故 나두 전태수 선생님 영전에

예기치 않은 비보에
푸른 바다에 격랑이 일고 비바람이 붑니다
"전태수 선생님이 안 계신 세상을 알려 드릴게요."
전화기로 들려오는 사모님 목소리!
수천 미터 바닷속에 침잠한 슬픔이 전해져옵니다

선생님께서 쓰신 조사弔詞,
'윤상렬 교장선생님 영전에'를 '부모님 추모방'에 두고
하늘이 무너진 그 날 그때를 아프게 기억하여
볼 때마다 선생님께 감사드렸습니다
오늘 선생님 추모시를 쓰다니,
이 봄날이 슬픔으로 아득합니다

선친과의 인연으로 십여 년 전에 해후하여
돌아가신 아버님과 우리 가족을 위해
성심껏 기도하며 위로해 주시던 선생님!
제 책에 마음을 담아 가끔 보내드렸을 뿐
무심한 세월이 흘렀습니다

선생님께 책을 보내드리면

칭찬과 격려로 희망과 에너지를 주셨습니다
따님에게 제 책을 소개하는 편지글도 써 주시고
조선의 속가집俗歌集, 청구영언, 용비어천가 등에서
뽑은, 싯누런 『가사집歌詞集(上)』도 보내주셨습니다
그때의 감흥들이 아롱아롱 피어납니다

전태수 선생님!
천국에서 아프지 마시고
사랑하는 사모님과 자녀들 걱정도 그만 놓으십시오
혹여 천국에서 저희 아버님을 만나시면
아버지 딸, 윤 선생 소식도 전해주십시오
천국에서도 꽃 같은 아이들을 가르치시고
'나두' 블로그도 운영하시며 천년만년 평안하소서

(2024. 5. 24.)

음악으로 세상을 사랑하던 작곡가 잠드시다

– 고故 고영필 교수님 영전에

하늘가에 봄빛이 이리도 찬연한데
교수님께서 하늘 여행을 떠나시다니
깊은 슬픔에 강물도 오열하며 흐릅니다

늘 부드러운 미소로
계신 자리에서 책임을 다하시고
시인, 작곡가, 성악가를 이끌어
멋진 가곡이 탄생하도록 힘쓰셨습니다

제 시 '통일의 봄물'에 가락을 입혀주서서
노래를 듣고 흥얼거리다 목청껏 부르며
노래 정취에 흠뻑 빠졌습니다
노래 사랑만큼 존경심도 꽃처럼 피었습니다

하얀 국화꽃 한 송이 영전에 바칩니다
하늘 여행하시며 이승의 시름 잊고
하늘나라에서 아름다운 곡을 만들어
하늘 세상도 천년만년 아름답게 해주소서

(2024)

| 제6부 |

Poems in English

『Flowers, To Push the Button』

- Written and translated by Yoon, Yeon Mo (Elizabeth Yoon)

이집트 피라미드 앞에서 포즈를 취한 필자

A Computer is a Boiled-rice Container

- To Push a Button • 1

Knowledge increases like the puffed rice snack when we wake up.

Not to fall behind in the world,

We should get along with news, books, and information.

For a writer,

A computer is a container with lots and lots of writing.

Having unconsciously clicked the button

According to the supreme command, "Upgrade,"

A devastating disaster occured.

The container filled with delicious, boiled rice

Is now out of order, and will not open.

A callus has already formed in my mind

On account of the computer.

So I'm unruffled as if I were an ascetic.

Whether it's life or the computer,

We can't eat the rice if we push the wrong button.

Losing the golden nurget of time,

We should go a long way back.

(2021)

Beautiful Domination

- To Push a Button • 2

What is love, and what is the thing for a mankind?

When mankind faced a constant struggle

Even losing our lives due to the covid 19,

Scientists having developed vaccines saved the world.

Intellectural property rights are worth

Both salt and flowers of human civilization.

People of the world are excited

To share these flowers with the world.

Finally, the river of the world flows in the right direction.

What else is important aside from life?

Only when we press the button of life right

Does the world do as it pleases.

The American president, Joe Biden is said

To provide the world with the vaccines again.

What a beautiful domination this is!

Would it be possible to control the world only with guns?

It's surely the beautiful domination

To save ragged, starving lives with the vaccines.

(2021)

Eyes of Morning Glory
- To Push a Button • 4

Morning glory grows at my veranda.

Because twisting up must be its aim,

It makes extremely difficult gestures today.

When I made new paths on the glass window,

Eyes on the end of its stems lit up!

As soon as a target springs up,

How mighty and unyieldingly it twists up in this way!

It pushed the button changing the direction of its life

To further utopia in a single night.

Today, I've learned your way of life.

Oh, the eyes of the morning glory!

(2021)

A Poetry-Vending Machine

- To Push a Button · 8

My nickname is "a poetry-vending machine."

When I wrote and recited a poem entitled "My Mother,"
My older brother said, "I think you're a poetry-vending machine.
Once you think, a poem pops up."

I wish that poems would come out a lot
Like raw silk is reeled off from cocoons
Once I push the button of my mind.

Living all my life as the poetry-vending machine,
I'd like to create happy poems to comfort others
And finally to be a rich person of poetry.

(2022)

To Turn the Sandglass Over

- To Push a Button · 9

The grains of sand which have been flowing for decades
Become sedimentary layers of time.
Even if everybody belonged to a new generation
In his or her youth,
We arrive in the terminal as a member of an old generation.
Would a new journey be a blue sea, a yellow desert,
Or the rainforests?
It might be a comprehensive gift set.

It was very beautiful when I dedicated my youth to my work
Smiling on the teacher's platform.
Having become a true, eternal mentor now,
I'm turning red and yellow like trees,
And my thoughts have also become deepened.
The river of time will flow as if today would be like yesterday,
As if tomorrow would be like today, too.

The sandglass which has dropped
All of the time kernal shines in the silence.
Aha! After turning it over,

I will advance making clear footsteps

Forward the other retirement age once again.

(2020)

The Reason Why Flowers Exist

- The Reason Why Flowers Exist · 1

Flowers bloom around the world
And gently stroke people's loneliness.

They become a friend of a vagabond
And whisper in the wind, "Sad or lonesome,
Go forward enduring the difficulties!"

When a traveler falls into loneliness,
They dance waving their heads.

The reason why we bloom in this world is
To live like them.

(2018)

Self-esteem

- The Reason Why Flowers Exist · 4

It's a day when the sunlight boldfacedly
Falls on the maple leaves.

Platanus whose leaves are broad is
Letting them fly lightly to the ground.

As if it were the virtue of leaves finishing life,
They are coming down dancing leisurely.

A pine tree shines with self-esteem standing upright
And flashing its sharp blades.

(2014)

Royal Azalea

- The Reason Why Flowers Exist • 6

Secretly weeping,

With the love building up over the winter,

Deep sorrow has soundly bloomed.

There being a whole universe in its five petals,

It blooms, blooms, and blooms.

After making downy hair on tender leaves soft and dry,

It gazes at the world with a serene smile.

(2021)

A Trumpet Creeper

- The Reason Why Flowers Exist • 8

Over the "J F Kennedy's Face Rock" on Mt. Dobong,
The misterious, coral sunset glow hangs.

Oh, mischievous children clinging on the wall
Upon a walking trail and smiling as beckoning!

After hearing that a trumpet creeper climbs
Wherever it can be and then smiles,
A gentleman calls it a flower thief.

Now that the small thing climbs powerfully
And gives a bright grin,
How admirable its will and passion is!

(2021)

Morning Glory

- The Reason Why Flowers Exist • 9

What a festive scene of morning glory!

After a red tree having died, its big wooden pot became a coffin.

Nevertheless, the heartbreaking red tree sores high to the sky.

Morning glory coiled up the whole body of the red tree

As if to console the tree.

No! It lit up on each stair densely

Thinking of the red tree as a fence to be conquered,

Which is just the country of "morning glory."

An ant, which creeps every leaf and plays,

Explores the inside of it.

As if the morning glory were also a protagonist

Of the human world,

It coils up to a door of the sky and blows its trumpets

As much as to say it will surely ascend up, up to the sky.

Even if nobody supports it steadily,

It raises its head fully and sings itself towards the sky.

"I'm just the morning type. I know I should die

Without fear and greed after doing my best."
Its black seeds which only expect the next world
Are attractive.

(2018)

Spring of Mt. Bulam

- The Reason Why Flowers Exist • 19

Mt. Bulam is just like a kindergarten of green leaves.

There are kids in the heart of spring,

And there is spring among them.

There appears a child's innocence,

And an old man's piece of mind in a light breeze.

The little kids of the kindergarten flutter their feet

And make some monky sounds.

Hardly visible through the twigs,

There are old men among the kids,

And the kids among the old men.

Spring grows towards the sky,

And hopes grow as well.

(2006)

A Route of Life

- To live Is··· • 18

Escaping from a guardian's waiting room in the third basement,
I'm traveling up to the surface to watch the rain.
A nandia incubates lots of dews boasting its slim waist.

A foxtail which is the size of a corndog
Waives the neck of its flowers slightly
Saying that it also sits on beads.
Surprised by its existence, I smile softly.

I was caring for my mother eating very little
Or skipping meals even for a week.
The food which neighbors had given me in the waiting room,
I stuffed into my stomach, though.
What an absurd luxury that I've tried in a long time!

When all the things I tried come in vain,
All I have to do is let the tears flow,
Decrease our hopes, and meet halfway with misfortune.
There might be the route of life
That we are insensible of it and happen to leave the metals.

(2018)

To Drive Death Away

- To Live is··· • 19

When a precious life faces death and shows the will to survive,

The children or parents watch him or her fighting pain alone.

When he or she is desperately fighting shedding blood

In facing death,

Who dares to estimate his or her suffering?

I pray ardently for being ill instead of my mother.

Praying with transparent words,

I come to feel severely empty just because of the apparent words.

To live is to drive death away.

It is to survive not going mad bit by bit

Watching our loved one struggling miserably.

(2018)

Before a Festival Finishes

- To live is⋯ •20

On a sunny afternoon,

I find where there are flowers, tress, and the grass,

and ask them if they still remain well.

Morning glory is comforting a sad tree without any leaf,

So the world has brightened.

Who shows off such an abundant figure?

It's pitiful for the flowers to wither

Just after our lunch time passes.

I'm at fault for not visiting it when in bloom.

How long did it wait for me?

That morning glory withers too early is its destiny.

However, isn't it a wonderful delight for us

To meet it while in bloom?

To live is to visit, to greet, and to celebrate

Before the flower withers,

Before the applause of the festival ceases.

I think I'll have to come early tomorrow morning.

(2018)

A Bowl of Jjamppong*

- To live is··· •21

After spending time with my mother in a hospital,

I went out to the Migeum Station even with my face unwashed.

Oh, life here evoked the battle!

Summer has left without a greeting,

And autumn makes a lovely eye gesture.

Since autumn had already come at the fruit stand,

I felt sad seeing red-cheeked apples especially stuck out.

Right by the fruit stand at the roadside,

A father and three young sons only by seeing their profiles

Are deliciously eating the Jjamppong of Chinese restraurant.

Seeing the red soup and the rolled up noodles,

I found myself feeling passion for life

And a sense of urgency amidst it all.

After decades,

The son attending near his old father's bed,

He may shed tears just because of the memory of one bowl

Of the Jjamppong.

(2018)

*JJamppong: Spicy Seafood Noodles

My History Museum

An orphan who's childish even after getting old
Is moved to tears missing her late parents beyond words.

Heartwarmimg remembrance, irresistible yearning,
And guidance from my late parents, in which I live.
This is my father's legacy,
And that is my mother's lesson.

Inheriting their genes, my pysique is the same
As that of my mother.
Under the mountain of my parents,
I followed them like a paper gets soaked in water,
But I'm still trying to recall memories of those far-off days.

Because they made my bones,
And their thoughts are the origin of my spirit,
They're the actual history museum of my life.

(2022)

A Red Dragonfly and a New World

Riding the time machine and then getting off
At Duckseung Girls' Middle School Station in Ankuk-dong,
I find myself seeing a girl with bobbed hair
Buoyantly chasing after a butterfly.

I'm taking a picture at the school's rose garden
With my youngest brother, an elementary student.
A new world which I opened to my brother Jiwhan
Is uptopia where we can always visit,
For neither the human flowers nor the roses ever wither.

Holding a romance novel in my hand,
I smelt the fragrance of the roses in the garden,
Chased after dragonfies, and then flew with them.
However, I didn't know that the school bell had already rung.
Oh, the days of innocence!

My Korean language teacher asking me why I was late,
I showed him my friend fluttering his wings.
"Lost in the fragrance of roses, I was late to catch this dragonfly."

My teacher smiled with his face softened.

(2021)

Red Dragonflies

- Love・31

A red dragonfly is flying with another one on its tail.

Whizz, whizz, whizz!

Droningly, droningly, droningly,

And then hopping, hopping, hopping!

The other pair of red dragonflies is also flying low

Getting excited and banding to the four beats.

Might the partner be a trainer, a friend, or a lover?

With wings wide open,

At the same pace, and at the same beats,

They are flying in the same pattern.

Might it be an act of love or sharing the delight of love?

One of the two pairs engages in a flight dance

With a rhythmical routine: Hopping, hopping,

Whizing, and hopping!

Then the pair flies away drawing parallel lines.

The other pair showes off ballet moves,

Says good bye to the only audience for so long,

And then flies high to the sky

What on earth are you doing?

Where on earth is your beauty from?

(2010)

Buddha's Land, Kyeong Ju* City

- Praising the Silla Dynasty for Its Thousand Years · 1

There rises the old, authentic mood
At the ancient tombs and temples.
Oh, paradise which I have encountered in reality!

Everywhere I reach must be Buddha's land,
Where I feel people's real breath of Silla Dynasty.

Lotus flowers floating on Dae Reung Won pond
Are beckoning me,
Green tombs giving me peace of mind.

Buddha connects the past, the present, and the future.
Oh, the paradise which is only here but nowhere!

(2022)

*Kyeong Ju: the capital city of Silla Dynasty in Korea

A Smile of an Egyptian
- A Song of Egypt • 3

An Egyptian's naive smile shines
Like smoothe sand in a desert.
As facing the flowing waves and wind with the whole body,
A traveller ruminates on the humane weakness
Down to the flowers of reeds swaying fiercely.

Although the Egyptian doesn't make much money
Receiving little money
At the tourist attraction of the stage of life,
He doesn't be disappointed, nor does he have a frowny look.
He smiles forever touting for one dollar business.

In the desert wind and in the Nile river flow,
He only advances silently dusting off anxiety
Like a camel walking in the desert,
Becoming a truth-seeker being with the camel.

Like his ancestors having dreamt of a next life in the desert,
Could they be the creatures of Egyptian mythology
Who live in modern times?

I'm dream of receiving mythical blessing for them and for me.

(2020)

윤연모 시詩에 나타난 긍정적 세계관과 꽃의 존재론

고 명 수
(시인, 문학평론가)

1. 꽃처럼 빛나는 삶을 위하여

이 세계 안에 내던져진 존재로서의 인간은 자신의 의지와 상관없이 스스로 법칙대로 돌아가는 이 세계로부터 '근원적인 불안(Das Angst)'을 느낀다. 이것이 실존철학에서 말하는 인간의 모습이다. 이러한 세계의 근원적인 모순을 알베르 카뮈는 '부조리'(Absurd)'라고 칭했다. 카뮈는 부조리한 세계 안에 내던져진 인간이 그러한 세계에 대해 '반항'할 때만 참된 자아를 되찾을 수 있다고도 했다.

삶은 본질적으로 고독하고 무상하다. 모든 존재는 가만히 있지 않고 끊임없이 변해간다는 사실은 인간에게 서글픔의 정서를 불러일으킨다. 그러기에 남달리 감수성이 민감한 시인이 시 「절정-사랑·33」에서 보여주듯, 가장 아름답고 충만했던 "절정"의 순간이나 그러한 대상을 '꽃'으로 상징해서 표현한다. 다음의 시를 보기로 하자.

> 꽃들이 세상에 피어
> 사람들의 고독을 어루만져준다
>
> 꽃들이 방랑자 친구 되어
> 슬퍼도 외로워도 참고 나아가라고
> 바람결에 속삭여준다
>
> 여행자가 고독에 사무치니
> 꽃들이 머리를 흔들며 춤춘다
>
> 우리가 세상에 핀 이유는
> 꽃처럼 살아가기 위함이지

> – 「꽃의 존재 이유 – 꽃의 존재 이유·1」 전문

화자는 "꽃들"이 "사람들의 고독을 어루만져준다"라고 말한다. 부조리한 존재로서의 인간, 근원적 불안을 지닌 고독한 존재로서의 인간은 지구별의 "여행자"인 동시에 "방랑자"이기도 하다. 방랑자로서의 인간은 삶이 무상하기에 서글프고 꽃의 순간을 그리워한다. 그러므로 꽃들은 방랑자 인간에게는 좋은 "친구"가 된다. 슬프고 외로운 방랑자에게 꽃이 건네는 위로의 말은 "참고

나아가라"라는 것이다. 절대적인 고독에 직면한 "여행자"인 인간을 위무하는 꽃들은 사방에서 피어 "머리를 흔들며 춤춘다." 그러므로 이 시의 화자가 독자들에게 전하고자 하는 메시지는 결국 각자에게 주어진 숙명을 받아들이고 "꽃처럼" 아름답고 충만하게 살아가자는 것이다. 시인의 긍정적 세계관을 볼 수 있다.

꽃이 하도 예쁘다고 생각하는 순간
꽃을 보는 사람도 아름다워진다

꽃이 좋아 보고 있으면
꽃도 그윽하게 우리를 본다

타인을 생각하는 꽃 보듯 하면
그도 꽃이 되어 꽃을 본다

마음의 촉수가 어여쁘게 건드려지면
선善한 꽃 관계가 맺어진다

— 「꽃 관계 - 꽃의 존재 이유·3」 전문

대상을 바라보는 주체의 마음이 대상에 투영되어 공감을 일으키는 순간, 주체 역시 흐뭇한 기쁨의 순간을 맞이하게 된다. 사람을 대할 때도 "꽃 보듯" 하면 바라보는 사람의 마음이 대상의 마음에도 공명(共鳴)을 일으켜 주체를 꽃의 마음으로 대하게 된다. 이처럼 "마음의 촉수가 어여쁘게 건드러지면" 상호 교감이 일어나서 "선(善)한 꽃 관계" 곧, 꽃처럼 아름다운 관계가 맺어지는 것이다. 이 시는 결국 꽃의 존재론이 사람 사이의 관계론으로도 읽히고 해석될 수도 있음을 보여준다.

2. 모래시계 뒤집기, 혹은 불굴의 생명력

현대사회는 지식 정보화 시대이자 이른바 4차 산업혁명의 시대이다. 모든 정보가 디지털로 전환되어 우리의 삶을 지배하고 있고 우리는 정보의 홍수 속에서 살아간다. 특히 컴퓨터는 일반인들뿐만 아니라 글 쓰는 일을 업으로 하는 사람들에게 필수 불가결한 도구이다. 이러한 "세상에 뒤처지지 않으려면" 각종 "뉴스와 책, 정보"와 친숙해야 한다. 이렇게 하지 않고서는 현대의 지식 정보화 사회에서 살아남기가 힘들기 때문이다. 다음의 시는 이러한 독특한 시대 상황을 배경으로 하고 있다.

> 자고 일어나면 지식이 뻥튀기된다
> 세상에 뒤처지지 않으려면
> 뉴스와 책, 정보와 친구 해야 한다
>
> 글 쓰는 사람에게
> 컴퓨터는 글 밥통이다

'업그레이드' 지상 명령에
무심코 눌렀는데 대재앙!

밥통에 찰진 밥이 가득한데
밥통이 망가져 열리지 않는다
컴퓨터로 이미 마음에 굳은살 박여
수도자인 양 담담하다

삶이든 컴퓨터이든
버튼 잘못 누르면 밥 못 먹는다
황금 덩어리인 시간을 잃어
먼 길을 돌아가야 한다

　　　　　－「컴퓨터는 밥통이다 － 버튼 누르기·1」 전문

　우리는 간혹 마우스를 잘못 눌러서 수많은 작품과 귀한 정보가 한순간에 날아가는 경험을 한다. 작가에게 자신이 생산한 지식, 정보의 결정체인 개별 작품들은 "밥"으로 표상되는 생업의 수단이다. 그러므로 "글 쓰는 사람"에게 컴퓨터는 "글 밥통"이 된다. 따라서 우리 삶에서도 한순간의 오판이 운명을 뒤바꿔버리듯, 작가들은 컴퓨터에서도 "버튼 잘못 누르면" 소중한 원고를 잃게 된다. 개개의 작품들에는 작가의 삶이 응축되어 있으므로, 그 것을 잃어버리는 것은 "황금 덩어리인 시간을 잃어"버리게 되는 일이다. 다시 기억을 다듬어가며 재생산해야 하므로 결국 "먼 길을 돌아가야 한다."

(중략)
오늘도 어제처럼 내일도 오늘처럼
시간의 강이 흘러갈 것이다

시간 알맹이를 다 내려놓은
모래시계가 정적 속에 빛난다
아하! 모래시계를 뒤집어
다시, 또 다른 정년을 향해
뚜벅뚜벅 걸어가리라

– 「모래시계를 뒤집다-버튼 누르기·9」 부분

화자는 오랜 세월 교단에서 학생들을 가르치다가 정년을 앞두고 지난날을 회상하며 정년 이후의 삶을 그려보고 있다. "시간의 강"은 여전히 흘러갈 테지만, 이제 "모래시계를 뒤집어" 새로운 삶을 꾸려보겠다고 다짐한다. "또 다른 정년을 향해/ 뚜벅뚜벅 걸어"가겠다고 은퇴 이후의 삶을 그리고 있다. 정년 이후의 삶은 제2의 삶, 혹은 "또 다른 정년"을 향해 나아가는 것이다. 시인은 이제 정년 이후의 또 다른 삶에 대해 계획을 세우고 인생의 마지막 '점안(點眼)'을 향해 불굴의 생명력을 발휘하려고 굳게 다짐한다.

3. 작고하신 부모님에 대한 절절한 그리움과 감사, '나의
   역사박물관'

모든 존재는 머물러 있지 않고 흘러간다. 이러한 삶의 본질적
인 무상성은 사람이 종종 흘러간 것들을 그리워하게 한다. 사라
진 사람들은 남은 사람의 기억 속에 하나의 흔적으로 존재한다.
한 장의 사진, 혹은 한 장면의 기억으로 남아 있는 삶의 흔적들
은 추억의 매개가 된다. 자식에게 몸을 만들어주고 유전자를 물
려주고 많은 경험을 남기고 사라진 부모가 돌아가신 뒤에도 자
식에게 하나의 "역사박물관"으로 존재한다고 표현하여 시인의
지극한 효심을 읽을 수 있다.

　　늙어도 철들지 못하는 고아
　　부모가 못내 그리워 눈시울 붉힌다

　　돌아가신 부모와의 가슴 따뜻한 추억
　　참을 수 없는 그리움, 가르침에 묻혀 산다
　　이것은 아버지께 물려받은 유산이고
　　저것은 어머니께 배운 교훈이다

　　몸이 유전자를 이어받아 어머니와 똑같고
　　부모라는 산山 밑에서

물에 종이 젖듯 부모를 따랐는데
아직도 그 시절을 더듬는다

부모가 나의 뼈를 이루고
정신의 원천이니,
부모가 곧 나의 역사박물관이다

- 「나의 역사박물관」 전문

부모를 잃은 자식을 예로부터 "고아"로 부르곤 했다. 자식이 나이가 들어 늙었다 해도 기억 속의 자신은 언제나 어린아이로 부모를 그리워한다. 부모의 따뜻한 사랑과 가르침의 기억들은 하나의 "유산"으로 자리한다. 그것은 "정신의 원천"이면서 "나의 뼈"를 이루고 있다. 화자가 돌아가신 부모를 삶에서 존경의 대상으로 우러르고 있다. 이렇게 부모를 자신의 원천으로 여기는 화자가 시 「카네이션 한 송이-어머니·88」에서 돌아가신 어머니를 향한 그리움이 간절하여 눈물을 흘린다. 윤연모 시인은 돌아가신 어머니를 그리워하여 어머니 연작시 81편을 써서 『어머니의 시간 여행』으로 발표하여 어머니께 바친 바 있다.

점심시간이 지나니 꽃이 시들어 안타깝습니다
피어 있을 때 찾지 못한 나의 잘못입니다
나팔꽃은 얼마나 기다렸을까요?

나팔꽃이 일찍 시드는 것은 숙명이지만

아름다울 때 만나는 것은

우리에게 놀라운 기쁨이 아닐까요?

산다는 것은 시들기 전에

축제의 박수가 끝나기 전에

찾아가서 인사 나누고

축하해주는 것이지요

내일은 오전 일찍 와야겠어요

　　　　　　- 「축제가 끝나기 전에 - 산다는 것은·20」 부분

　화자는 시들어가는 "나팔꽃"을 바라보며 활짝 "피어 있을 때
찾지 못한" 것을 후회한다. 왜냐하면 "아름다울 때 만나는 것"이
"놀라운 기쁨"이기 때문이다. 화자는 꽃이 만개하였을 때, 즉 "시
들기 전에" "인사 나누고 축하해주는 것"이 진정으로 의미 있는
일임을 나팔꽃에서 깨닫는다. 그 "아름다움"의 순간은 생명의 절
정의 순간, 즉 꽃의 시간이므로 "축제의 박수"가 이어져야 하는
시간이다. 시 「고추잠자리-사랑·31」에서 보여주듯이 고추잠자리
두 마리가 붙어서 사랑의 비행을 하는 "환희"의 순간을 아름답
게 그렸다. '까치 똥' '아름다운 지배' '진정한 강자' 등의 '버튼 누
르기' 연작시에서도 세상을 향해 애정을 가지고 생을 긍정하는
시인의 따뜻하고 바른 세계관을 반영한다.

4. 궁극적으로 '라데츠키 행진곡'을 꿈꾸는 시인

이처럼 생명을 긍정하고 찬미하는 화자에게 시란 무엇일까? 화자는 언제 시를 쓰고 무엇을 노래하고 싶어 하는가? 시 「사랑 시 -사랑·30」에서 화자는 "영혼이 고독할 때" "무엇인가 채우고 싶어" 시를 쓴다고 고백한다. 그리고 자신의 추운 "영혼을 데우고 싶어" 시를 쓰는데, 그것은 대개 "사랑 시"임을 밝힌다.

> 내 마음의 꽃, 따뜻한 시편詩篇들아!
> 민들레 홀씨처럼
> 세상이라는 봄 들판에
> 눈 쌓인 겨울 호숫가에
> 사랑하는 사람들 마음속에
> 기분 좋은 바람과 함께 날아다오
> 사람들 가슴속에 살짝 앉아
> 희망 불로 작열하여 달콤한 감동으로
> 힘겨운 어깨 토닥여다오
> 흐르는 솜사탕 바람결에
> 희망의 홀씨 날려 보낸다
>
> - 「희망의 홀씨 되어」 전문

화자는 자신의 한 편의 시가 곧 화자 자신의 "내 마음의 꽃"이며, 그것이 "민들레 홀씨"처럼 널리 퍼져 "사람들 가슴속에 살짝 앉아" 시를 읽는 독자들에게 "희망 불"로 "작열"하기를 소망한다. 그들에게 "달콤한 감동"으로 다가가서 삶에 지친 그들의 "힘겨운 어깨 토닥여"주기를 기대한다.

시 「나의 '라데츠키 행진곡'을 꿈꾸며-버튼 누르기·10」에서 화자는 '예술가'를 "행복 씨앗을 뿌려 감동을 거두는 농부"라 규정하고 "국민을 위로해주고 온 세상을 새해맞이 기쁨의 도가니에 몰아넣는" 그러한 예술, 그러한 시에 대한 소망을 피력한다.

윤연모 시인은 꽃에서 인간의 모습을 파악하며 각각의 꽃의 아름다움을 찾아내어 노래하고 꽃처럼 빛나는 삶을 꿈꾼다. 연작시 '산다는 것은'에서 삶을 천착하고 '나의 역사박물관'과 연작시 '산다는 것은'에서 느끼듯 '효도 실천'을 뼛속 깊이 중히 여기며 돌아가신 부모님을 절절하게 그리워하는, 윤연모 시인! 그의 시편들이 궁극적으로 '라데츠키 행진곡'이 되어 세상을 밝혀주길 바란다.

■ 작가 윤연모 프로필

〈尹淵謨, Yoon, Yeon Mo, Elizabeth Yoon〉

전북특별자치도 전주 출생
[1959. 父: 윤상렬(尹相烈) 교장, 母: 최정임(崔貞姙) 여사]

〈창작수필〉 1998. '여름'호로 수필 등단
〈교단문학〉 1999. '겨울'호로 시 등단

학력 및 경력

한국외국어대학교 일본어과 졸업
한국외국어대학교 교육대학원 일본어교육과 졸업
한국외국어대학교 교육대학원 영어교육학과 졸업
한양대학교 교육대학원 TESOL 프로그램 수료 (Hanyang-Oregon
TESOL Program: Graduate Track certificate 취득)
한국문인협회 문단윤리위원, 국제펜클럽 한국본부
한국번역가협회, 한국음악저작권협회 회원
현대시인협회 이사, 서울교원문학회 이사
창작수필문인협회, 한국여성문학인회 회원
공무원문인협회, 서울중등사진교육연구회 회원

서라벌고등학교 교사 정년 퇴임함
창작수필문인협회 부회장(역임),
공무원문학회 부회장 및 편집위원(역임)
교단문학 이사(역임), 한국가곡작사가협회 이사(역임)

국제문화예술협회 번역위원 및 국제문예 편집위원(역임)

서울시단, 수필사랑낭송회, 포럼우리시우리음악

한국예술가곡연합회, 한국동요음악협회 회원(역임)

『서울교육』편집위원(역임), 서울특별시교육연구원 현장연구원(역임)

수상

1988 올림픽 기장

1998 창작수필사 '신인작품상'

1999 '서울특별시교육감상' (12. 30.)

1999 제26회 '교단문학 신인상'

2000 '서라벌고등학교장상' (9. 27.)

2001 제9회 '황희문화예술상' (2. 24.)– 번역 부문

2001 제8회 '황금마패문화상'(6. 27.)– 시 부문

2003 제5회 '시예술상' (5. 21.)– 시 부문

2004 제5회 '노원문학상' (11. 25.)– 수필 부문

2005 한국청소년단체협의회 '표창장' (5. 24.)

2006 한국해양소년단연맹 '표창기장'

2010 제30회 세계시인대회 '고려문학상' (8. 27.)

2018 한국교육신문 주최 '2018 교단수기 공모' '금상' (1. 26.)

2020 한국교원단체총연합회 '교육공로상'

2020 서울특별시교원단체총연합회 '교육공로대상'

2021 '녹조근정훈장' 수훈

저서

번역서『리고베르타·멘츄』(도서출판 장백 1993)

시집『세상을 여는 출구』(교단문학출판부 2001)

수필집『아버지와 피아노교본』(신아출판사 2003)

시집『하얀 사랑꽃』(시문학사 2004)

수필집 『내 노래는 아무도 모를 거예요』(신아출판사 2006)

시집 『물고기춤』(시문학사 2009)

수필집 『갠지스강의 여명』(신아출판사 2012)

시집 『어머니 그리고 터키의 별』(생각나눔 2015)

수필집 『원숭이 빵나무와 돈 씨 부부』(신아출판사 2017)

시집 『베고니아의 승천』(신아출판사 2019)

시와 수필집 『나의 스승, 나의 아버지』(신아출판사 2020)

시집 『어머니의 시간여행』(신세림 2021)

수필집 『몽골 샌듄에서 낙타를 타다』(이든북 2022)

가곡 모음집 음반

윤연모 詩歌曲 제1집 『구름 향기』(2009)

윤연모 詩歌曲 제2집 『춤추는 물고기의 노래』(2020)

석사 논문

『動詞に現れる美化語についての一考察』 碩士学位論文(韓国外国語大学校 教育大学院 1998)

『Effects of Visualization As a Reading Comprehension Strategy Whilst Reading English Poetry』 碩士学位論文(韓国外国語大学校 教育大学院 2013)

세계시인대회 참가

2004. 8. 29. ~ 2004. 9. 4. 제24회 세계시인대회 참가(The 24th World Congress of Poets, Korea)-세계행촌문화예술아카데미 조직집행위 공연팀

2010. 8. 24. ~ 2010. 8. 29. 제30회 세계시인대회(The 30th World Congress of Poets, Korea) 참가

가곡 작사

1. 가을바람 되어(윤연모 작시/이민수 작곡/바리톤 박홍우/피아노 조영선)

2. 하얀 사랑꽃(윤연모 작시/정덕기 작곡/소프라노 고선애/피아노 엄은경)

3. 나의 길(윤연모 작사/김진우 작곡/소프라노 이화영/피아노 김유정)

4. 산다는 것은(윤연모 작사/이민수 작곡/테너 김정현/피아노 장이현)

5. 은사시나무의 가을(윤연모 시/김종덕 곡/소프라노 유미숙/피아노 서성은)

6. 오월의 아이들(윤연모 시/이종록 곡/소프라노 최인영/피아노 박선정)

7. 은사시나무의 가을(윤연모 시/김종덕 곡/소프라노 이지영/피아노 이은경)

8. 나비의 연가(윤연모 시/이종록 곡/메조소프라노 김순미/피아노 정주연)

9. 구름 향기(윤연모 작시/김동환 작곡/소프라노 김혜란/피아노 김성화)

10. 자작나무(윤연모 작시/김승호 곡/소프라노 김희정/피아노 김윤경)

11. 유토피아(윤연모 작사/박이제 곡/바리톤 임성규/피아노 손영경)

12. 아버지의 이름(윤연모 작사/정덕기 작곡/서울바로크싱어즈/지휘 강기성)

13. 맹꽁이 사랑(윤연모 시/이종록 곡/소프라노 함지연/피아노 임정아)

14. 사랑·십육(윤연모 시/이종록 곡/바리톤 김승곤/피아노 임정아)

15. 하얀 목련(윤연모 작사/김민지 작곡/바리톤 박홍우/피아노 박근혜)

16. 밤비(윤연모 작사/한성훈 곡/바리톤 박홍우/피아노 손영경)

17. 은사시나무의 가을(윤연모 시/김종덕 곡/소프라노 이지영/피아노

이은경)

18. 은사시나무의 가을(윤연모 시/김종덕 작곡/테너 엄정행/피아노 박향아)

19. 사랑(윤연모 시/이재석 작곡/메조소프라노 김영옥)

20. 어머니(윤연모 작시/권기현 작곡/서울바로크싱어즈/지휘 강기성)

21. 가을바람 되어(윤연모 시/김종덕 곡/소프라노 김지현)

22. 진달래꽃(윤연모 시/ 김종덕 곡/ 바리톤 서관수)

23. 탐라 섬마을의 봄(윤연모 작사/임우상 작곡/소프라노 이지영)

24. 회화나무 꽃송이(윤연모 작시/박지영 작곡/바리톤 이은철/피아노 구복희)

25. 독도 아리랑(윤연모 작사/최영섭 곡/소프라노 유미자/피아노 권경순)

26. 밤비(윤연모 작시/한성훈 작곡/피아노 정혜경/플루트 권혜란)

27. 구름 향기(윤연모 작시/김동환 작곡/피아노 정혜경/플루트 권혜란)

28. 수락에 부는 바람(윤연모 작사/이종록 곡/소프라노 고은영/피아노 이윤희)

29. 색칠하기(윤연모 작사/이종록 곡/테너 최재영/피아노 김향미)

30. 도라지 꽃향기 별처럼(윤연모 작사/이재석 작곡/소프라노 유미자/피아노 박향아)

31. 호수(윤연모 작사/신귀복 곡/메조소프라노 김지선/피아노 김민경)

32. 어머니(윤연모 작사/유재훈 곡/메조소프라노 김자희/피아노 손영경)

33. 조선의 꽃이 아니었다면(윤연모 작사/정유하 곡/서울 바로크싱어즈 노래)

34. 단풍 시인에게(윤연모 작사/김진선 곡/테너 이태원/피아노 이은영)

35. 어머니(윤연모 작사/유재훈 곡/유재훈 편곡/메조소프라노 김현주/율 체임버오케스트라/지휘 이기선)

36. 통일의 봄물(윤연모 작사/고영필 곡/바리톤 박현재/피아노 손영경)

37. 광화문 하늘 별빛 아래(윤연모 작사/박재수 작곡/소프라노/임수영/피아노 장경주)

38. 은사시나무의 가을(윤연모 시/김종덕 작곡/소프라노 이성혜)

39. 성산 일출봉에 올라 보라(윤연모 작사/고영필 작곡/장호진)

40. 소(윤연모 작사/이수인 작곡/바리톤 박영욱)

41. 구름 향기(윤연모 작사/김동환 작곡/소프라노 이미경/피아노 이찬우)

42. 불암산이 부르네(윤연모 작사/이재석 작곡/테너 이태원/피아노 김도실)

43. 바람의 노래(윤연모 작사/한정임 곡/소프라노 한상은/피아노 손영경)

44. 춤추는 물고기의 노래(윤연모 작사/윤교생 작곡/소프라노 이미경)
   *황순원의 〈소나기〉 창작 연가곡 중 두 번째 작품

45. 사랑·4 (윤연모 시/이종록 작곡/바리톤 김승곤)

46. 사랑·5 (윤연모 시/이종록 작곡/바리톤 김승곤)

47. 세상을 여는 출구(윤연모 작사/이경희 작곡/서울바로크싱어즈 연주)

48. 인왕산 산길에서(윤연모 작사/이승임 작곡/바리톤 박홍우/피아노 양기훈)

49. 가을 관악(윤연모 작사/정영택 작곡/베이스 김요한/피아노 김도실)

50. 사랑 느낌(윤연모 작사/김경양 작곡/메조소프라노 최정숙/피아노 손영경)

51. 고독(윤연모 작사/김가연 작곡/소프라노 문자희/피아노 최정은)

52. 아버지의 이름(윤연모 작사/정덕기 작곡/소프라노 임경애)

53. 은사시나무의 가을(윤연모 시/김종덕 곡/소프라노 정민화)

54. 하하호호 한가위(윤연모 작사/한경훈 작곡/서울바로크싱어즈 지휘 강기성)

55. 콩나물국과 깍두기(윤연모 작사/최현석 작곡/소프라노 유미자)

56. 남산에 올라(윤연모 작사/김진우 작곡/메조소프라노 이지영/피아노 엄은경)

57. 달맞이꽃(윤연모 작사/한만섭 작곡/테너 구자헌/ 피아노 김성호)

58. 함박눈(윤연모 작사/박은영 작곡/바리톤 박홍우/피아노 김성호)

59. 산(윤연모 작사/김현옥 작곡/테너 이재욱/피아노 김민혜)

60. 조선의 들꽃이 아니었다면(윤연모 작사/장기찬 작곡)

61. 항해(윤연모 작사/오숙자 작곡/합창 서울바로크싱어즈)

62. 탐라 섬마을의 봄(윤연모 작사/임우상 작곡/소프라노 이지영)

63. 고추잠자리(윤연모 작사/김종덕 작곡/베이스 문동환/피아노 강미)

동요 작사

진달래꽃(윤연모 작사/이영진 작곡 2006)
꽃처럼 봄처럼(윤연모 작사/이문주 작곡/강다영 노래 2007)
하하호호 한가위(윤연모 작사/이영진 작곡/김가언 노래)
대보름 잔칫날(윤연모 작사/배춘옥 작곡/김명진 노래)

국악 관현악으로 발표한 창작 동요

대보름 잔칫날(윤연모 작사/배춘옥 작곡 2009. 7. 19) 울산시 문화예술회관, 남산한옥마을 발표
하하호호 한가위(윤연모 작사/이영진 작곡 2009. 7. 19) 울산시 문화예술회관, 남산한옥마을 발표

시詩사전 수록

韓國詩大事典(을지출판공사, 2002, 2011)

인명사전 수록

〈1〉 韓國의 人物 21C(Who's Who in Korea 21C) - 후즈 후 코리아 (Who's Who Korea. Inc) 2003 -
〈2〉 現代韓國人物史(Ⅲ) - 韓國民族精神振興會(2004) -
〈3〉 한국여성문인사전 - 숙명여자대학교 한국어문화연구소 2006 -
〈4〉 現代史의 主役들 - 國家賞勳編纂委員會 (2010)
〈5〉 세계시인사전(Dictionary of International Poets)(2004, 2010)- International Culture and Art Academy World Poets Association(Hangchon)

■ The Profile of Poet Yoon, Yeon Mo(Elizateth Yoon)

Biography: She was born in Jeonju, Jeolla- bukdo, South Korea (Jan. 28, 1959), and graduated from Hankuk University of Foreign Studies, department of Japanese; graduate school of the same university, both department of Japanese Education and department of English Education. She retired in 2021 after teaching at the Sorabol Boys High School in Seoul for thirty six years.

She made her debut as an essayist in the literary magazine "The Creation of an Essay (ChangJakSupil)" in 1998, and then as a poet in the literary magazine "Literature in Education (Kyodanmunhak)" in 1999.

She also writes song lyrics: The White Love-flowers, If I Became an Autumn Breeze, My Way, My Mother, A Silver Aspen's Autumn, The Fragrance of Clouds, The Fragrance of Bellflowers, A Cow, Love, Night Rain, A Lake, To the Maple Poets, To Live Is⋯, The Children of May, The Name of Father, A Pagoda Tree's Blossoms, The Spring Water of Unification, Had We Not Been the Chosun Flowers, and Tokdo Arirang etc.

She served on the editing committee of the magazine called "Education in Seoul" as a researcher at the Seoul Scientific Educational Research Institute, and as a director of Literature in Education and Korean Society of Song Writers.

Now, she is a director of Korean Modern Poets Association, the Seoul Teacher Literati Association, a member of the Ethics Committee of the Korean Society of Literati, and a member of the International Pen Club in Korea, the Korean Society of Translators, and Korean Women Literati Association. Thus, she takes an active part in many literary groups.

Characteristics of her poems: To find oneself through the mutual consensus of mother nature and to turn anguish of life into delight of life through purifying the emotion, animals and plants appear as symbolic words. They catch our eyes presenting original images as affirmative and hopeful objects. She analyzes many types of human nature using flowers and notes the inner truths which human beings are hiding with sharp sensibility. Her poetry is based on "poetics of experience." (quoted from the Great Dictionary of Korean Poetry, 2002, Eulgi Publishing Company.)

Books: Rigoberta Menchu (translation, 1993), Outlet to the World (poetry, 2001), My Father and the Piano Textbook (essay, 2003), The White Love-Flowers (poetry, 2004), Nobody Knows My Song (essay, 2006), Fish Dancing (poetry, 2009), The Dawn of the Ganges River (essay, 2012), My Mother and Stars in the Turkish Night Sky (poetry, 2015), A Monky-bread Tree and the Dons (essay, 2017), A Begonia's Ascension to Heaven (poetry, 2019), My Mentor and Father(poetry and essay, 2020), My Mother's Time Travel(poetry 2021), and My Camel Rides in the Mongolian Sand Dunes(essay,

2022)

CD: A Collection of Korean Love and Nature Songs by the Poet Yoon, Yeon Mo vol.1 『The Frangrance of Clouds』(2009), A Collection of Korean Love and Nature Songs by the Poet Yoon, Yeon Mo vol.2 『A Song of Fish Dancing』(2009)

Master's thesis: "A Study of the Beautified Words Which Appear at the Verbs" (1998, Department of Japanese Education, Graduate School of Education, Hanguk University of Foreign Studies)

『Effects of Visualization As a Reading Comprehension Strategy Whilst Reading English Poetry』 (2013, Department of English Education, Graduate School of Education, Hanguk University of Foreign Studies)

Awards: She was awarded a good conduct medal in Seoul Olympics in 1988, and Green Presentation Order from the government after retiring Sorabol High School in 2021.

In the area of education, she was awarded six prizes: Superintendent of 'Seoul Metropolitan Office of Education' Award given by the superintendent of educational affairs in Seoul City in 1999, 'Sorabol High Schoolmaster Award' given by the schoolmaster of Sorabol High School in 2000, 'Korean Youth Organization Consultative Meeting Award' given by the president of Korean Youth Organization Consultative Meeting in 2005, 'Korea Federation of Maritime Youths Award' given by the president of Korea Federation of Maritime Youths in 2006, 'Korean Federation of teachers' Associations Achieve Award' given by the president of Korean Federation of Teachers' Associations in 2020, and 'Award for Meritorious Service of Seoul Federation of Teachers' Associations' given by the president of Seoul Federation of Teachers' Associations in 2020.

In the area of literature, she was awarded eight prizes: The Creation of an Essay (ChangJakSupil) Prize(1998, department of essay), Literature in Education (Kyodanmunhak) Prize(1999, department of poetry), Whang-hee Cultural Art Prize (2001, department of translation), The Golden Mapae Culture Prize (2001, department of poetry), The Poetry Art Prize (2003, department of poetry), The Nowon Literary Prize (2004, department of essay), Corea Literary Prize (2010, department of poetry), and The First Prize (2018, Memories on Teacher's Platform Contest held by Korean Education Newspaper).

■ 韓国の作家, 尹淵謨(ユンヨンモ)のプロピール

韓国 全北 全州 出生(1959. 1. 28. 父: 尹相烈 校長, 母: 崔貞姬 女史)

略歴

韓国外国語大学校 日本語課 卒業
同 教育大学院 日本語教育学課 卒業
同 教育大学院 英語教育学課 卒業
漢陽大学校 教育大学院 TESOL プログラム 修了(Hanyang-Oregon TESOL Program: Graduate Track Certificate 取得)
ソラボル高等学校 教師 停年退任(2021),

韓国文人協会文壇倫理委員, 国際PEN Club 韓国本部 会員,
韓国翻訳家協会 会員,
韓国現代詩人協会 理事, ソウル教員文学人協会 理事,
創作随筆文人協会 会員, ソウル中等寫眞教育研究会 会員,

創作随筆文人協会 副会長(歴任), 公務員文人協会 副会長(歴任),
公務員文人協会 編輯委員(歴任),
ソウル詩壇 会員(歴任), 韓国教壇文人協会 理事(歴任),
『ソウル教育』編輯委員(歴任), 韓国歌曲作詞家協会 理事(歴任)

デビュー

『創作随筆』(随筆 1998, 春), 『教壇文学』(詩 1999, 夏)

著書

飜訳書『リゴベルター メンチュ』(1993)
詩集『この世を開ける出口』(2001)
随筆集『父とピアノ教本』(2003)
詩集『白い愛の花』(2004)
随筆集『私の歌はだれも知らないでしょう』(2006)
詩集『魚の舞り』(2009)
随筆集『ガンジス江の黎明』(2012)
詩集『母とトルコの星』(2015)
随筆集『さるパンの木とドン氏の夫婦』(2017)
詩集『ベゴニアの昇天』(2019)
詩と随筆集『私の恩師, 私の父』(2020)
詩集『母のタイムトラベル)』(2021)
随筆集『モンゴルのサンデューンでラクダに乗る)』(2022)

歌曲のコレクション 音盤

尹淵謨の詩歌曲 第1集『雲のお香り』(2009)
尹淵謨の詩歌曲 第2集『舞る魚の歌』(2020)

碩士学位論文

『動詞に現れる美化語についての一考察』碩士学位論文(韓国外国語大学校 教育大学院 1998)

『Effects of Visualization As a Reading Comprehension Strategy Whilst Reading English Poetry』碩士学位論文(韓国外国語大学校 教育大学院 2013)

受賞

オリンピックの紀章(1988)

'錄條勤政勳章' 受勳(2021)

創作隨筆社 '新人作品賞'(1998) –隨筆の部門

ソウル市教育監賞(1999)

第26回 '教壇文学新人賞'(1999) –詩の部門

ソラボル高等学校長賞(2000)

第9回 黃喜文化芸術賞(2001) –翻訳の部門

第8回 黃金馬牌文化賞(2001) – 詩の部門

第5回 詩芸術賞(2003) – 詩の部門

第5回 盧原文学賞(2004) – 隨筆の部門

韓国靑少年協議会 表彰狀(2005)

韓国海洋少年團聯盟 表彰紀章(2006)

高麗文学賞 受賞(第30回 世界詩人大會, 2010)

'2018教壇での手記 公募' '金賞' (韓国教育新聞 主催, 2018)

韓国教員團體總聯合会 '教育功勞賞'(2020)

ソウル特別市教員團體總聯合会 '教育功勞大賞'(2020)

윤연모 시집 **7**

꽃, 버튼 누르기

2024년 8월 20일 초판 1쇄 인쇄 발행

지 은 이 ㅣ 윤연모
펴 낸 이 ㅣ 박종래
펴 낸 곳 ㅣ 도서출판 명성서림

등록번호 ㅣ 301-2014-013

주   소 ㅣ 04625 서울시 중구 필동로 6 (2, 3층)
대표전화 ㅣ 02) 2277- 2800
팩   스 ㅣ 02) 2277- 8945
이 메 일 ㅣ ms8944@chol.com

값 10,800원
ISBN 979-11-94200-14-7